Lui, seulement.

Lui, seulement.

Rémy LECORNEC

©2023, Rémy LECORNEC
©2023, Doltha Production
Site web : www.rlecornec.com
Édition : BoD – Books on Demand,
info@bod.fr
Impression : BoD – Books on Demand,
In de Tarpen 42, Norderstedt
(Allemagne)
Impression à la demande

Dépôt légal : Décembre 2023
ISBN : 978-2-3225-1991-0

Chapitre Premier

Dix-neuf. Dix-huit. Dix-sept. Je regarde à travers la paroi de l'ascenseur. Un engin de haute technologie dans un bâtiment immense, fait de verre tellement propre que je pourrais être aspiré par le vide si je ne m'agrippais pas. Il descend sacrément vite mais c'est nécessaire dans cette tour de quarante étages. Des open-spaces à chacun d'eux, de la petite entreprise à la grosse multinationale, il y a de tout ici. J'aime la vue : un enchevêtrement d'immeubles dont leur toit est maculé de neige, la Seine qui zigzague dans la ville et la Tour Eiffel au fond de l'horizon brumeux. Je regarde ma montre, encore une fois je vais louper le dernier RER !

J'arrive sur le quai de la ligne A, à cette heure-ci personne n'ose affronter le froid, à part moi. Un dossier de dernière minute et me voilà à me geler les entrailles dans une station vide. À mon plus grand bonheur, je l'entends arriver : la dernière rame de la nuit. J'aperçois même le chauffeur qui a la même hâte perceptible de rentrer chez lui. La porte s'ouvre, pas un chat, je me retrouve décidément tout seul, même les flocons de neige qui s'entassent sur le sol ne tentent leur entrée dans le hall. Cette rame, apparemment refaite à neuf récemment, est déjà parsemées de tags en tout genre, la même odeur est imprégnée dans le tissu des sièges tâchés des premiers sandwiches mangés à la hâte. Je ne peux que renoncer à toute protestation face à ces incivilités. Le son strident de la fermeture des portes retentit « *mais partez ! je suis seul !* » me dis-je au fond de moi. Les secousses se font ressentir, le train peut enfin partir. Je regarde au loin et peux entrevoir les bâtiments dont les lumières sont déjà toutes éteintes. La Défense se repose de son flot quotidien d'hommes et de femmes, tout comme ce que je m'apprête à faire. Je sais que le trajet va durer trente minutes, au bas mot, je me recroqueville donc dans ma veste et utilise mon écharpe en guise de coussin moelleux de fortune.

La fatigue me guette, je ferme les yeux et entre dans des rêves tous aussi fous les uns que les autres. Je me vois parcourir de lointaines contrées, magnifiques et peuplées de gens improbablement pacifiques. Une utopie quand on voit le monde qui nous entoure. Je le sais pourtant, ce n'est qu'un rêve, mais ce rêve me transporte dans un monde dans lequel tout est possible. Être une autre personne devient tout à coup envisageable, outrepasser mes peurs aussi. Mais tout ça n'est bien qu'utopie. J'ouvre un œil et regarde le panneau d'affichage des stations : plus qu'une. Je m'emmitoufle dans mon écharpe qui m'a servi de coussin le temps du trajet et empoigne mon sac. « Nation. Nation » retentit dans le haut-parleur grésillant. J'attends impassible devant la porte avant qu'elle ne s'ouvre et franchis son pas. Un halo blanchâtre vient transpercer la rame de part en part, une fumée toute aussi blanche s'échappe de ma bouche pour disparaître instantanément. La station est déserte, tout comme celle de la Défense. Ici aussi, qui voudrait s'aventurer à l'extérieur par un temps pareil ? Les flocons tombent toujours autant et le goudron revêt dorénavant un nouvel habit blanc, je me dis que je dois faire vite avant que cela ne gèle. « Rue des Immeubles Industriels » est le nom qui lui est donné, elle le porte à merveille, je ne sais pas pourquoi j'ai toujours été attiré par ce côté machinerie, travail manuel, sueur du dur labeur… Et pourtant j'ai fini dans le bureau d'une multinationale, je suis même prêt à me demander ce que j'ai pu rater pour ne pas faire ce qui m'attirait. Donc, cette rue portait le nom de ce que j'avais aimé, coïncidence ?

Le bâtiment faisant partie d'un ensemble assez ancien, vieille ville oblige, la façade arbore de jolis motifs blancs, les volets roulants de couleur marron sont, quant à eux, hideux. Certains propriétaires ont eu la bonne idée de décorer leur balcon – si bien sûr on peut appeler ça de la sorte – avec de minuscules jardinières ornées de bégonias, de chrysanthèmes et autres géraniums, ce qui égaye légèrement la rue. Après avoir franchi l'énorme porte marron datant du siècle dernier du numéro 9bis, je gravis les marches qui me séparent de mon appartement, plus qu'un étage et j'arrive au 4ème, pourquoi n'ai-je pas choisi un immeuble avec ascenseur ? Après une journée aussi longue, la question est pertinente. J'entre dans mon cocon, un somptueux appartement d'environ 50m^2 que j'ai décoré moi-même, jusque dans les moindres détails. Une tendance chic bohème mais relativement moderne – je ne suis pas friand du vieux mobilier. J'allume alors la lumière et mon petit chat vient se frotter à moi. Enfin un réconfort ! Je n'ai même pas posé mes affaires que je l'agrippe et le serre fort contre moi, son ronronnement me procure une sensation de bien-être. J'ai bien fait de craquer pour ce matou de deux mois, la solitude a eu raison de moi, mais quelle satisfaction d'être attendu. Certes ce n'est pas par une personne en chair et en os, mais là, ce chat que j'ai nommé Bluetooth – ma passion pour les nouvelles technologies ont surpassé mon imagination, je dois l'avouer, ou alors de vieux amis m'ont soufflé ce pseudonyme – il a répondu à toutes mes attentes de célibataire. Malheureusement pour moi, il n'a aucune idée de ce qui se trouve dans la cuisine à part ses croquettes, dommage car elle est bien équipée et faire des plats est un vrai jeu d'enfant !

Après m'être préparé un petit menu « évasion » avec des sushis et des makis, je m'enfonce dans le canapé. Bien sûr mon chat vient se blottir entre mes jambes, il me regarde avec ses gros yeux et attends que je lui caresse la tête, ce que je m'exécute à faire sur le champ. Je prends la télécommande et zappe pour tomber sur un film de la cinquième chaîne, le sujet est d'actualité : « l'homosexualité, la vivre ou la cacher ? ». Je ne me pose même plus la question pour ma part, je la vis très bien, mais je la vis seul. Depuis seulement un an dans la capitale, le nombre d'amis ne se compte que sur une seule main, bien sûr je ne compte pas mon félin.

Allez ! Il est tard, cette émission m'a réconforté dans tout ce que j'ai entrepris côté coming out, je décide de quitter le salon et d'aller me coucher. Je n'aurais pas dit non pour m'endormir paisiblement sur le canapé, même s'il a une très bonne assise, la fonction lit est de très loin la plus confortable. Pas grave, mon réveil est de toute façon dans la chambre. Le pas lourd, je me traîne jusque dans le lit et plus rien ne peut entacher une bonne nuit de sommeil.

« *Il est 6h15, vous êtes sur radio Paris Centre, la radio détente* ». Voilà ce qui me réveille tout à coup. Comme tous les matins. Extirpé d'un magnifique rêve, j'entends les nouvelles du jour, le soleil n'a même pas encore pointé le bout de son nez. Les lumières des réverbères s'infiltrent entre les lames des volets. Je peux déjà entendre le chant d'oiseaux qui tournent autour des toits, sûrement à la recherche d'une brindille pour leur nid. Quelques voitures s'engouffrent dans le froid hivernal, le bruit que font les roues sur la neige fondue est la seule preuve que les parisiens sont déjà debout. C'est fou ce que l'on peut s'imaginer quand on se retrouve entre un sommeil tardif et un rêve impromptu !

Le miaulement de Bluetooth me force à me lever, j'ai l'impression qu'il a toujours faim… Tout comme moi d'ailleurs, mais comment fais-je pour garder la ligne ? Entre autres rêves, ceux de Paris-Brest et de Tropéziennes dansent dans ma tête. Non ! Je ne succomberai pas à la tentation d'un sublime gâteau au glaçage parfait ! Je n'ai même pas sorti mon mug que je dois nourrir le félin, tel un lion dans la savane qui saute sur la petite antilope désemparée. Juste le temps de me préparer avec une bonne tasse de café – décidément je préfère les cafetières italiennes, leur goût est plus prononcé que ces capsules de toutes les couleurs. Je fonce directement vers la porte d'entrée et après avoir dévalé les escaliers me séparant du rez-de-chaussée je m'engouffre à mon tour dans cette rue déserte. Je fonce vers la bouche de métro, il arrive dès lors que je valide mon *pass*, son bruit strident sur les rails : voici le RER qui va une nouvelle fois me mener au travail. Les portes s'ouvrent et là, je la vois, juste à côté de moi, qui m'attire… une place vide ! Je me jette dessus et assis mes petites fesses rondes, je l'ai bien méritée, il est hors de question de faire le trajet jusqu'à la Défense debout !

Et ça balance, de droite à gauche, un nauséeux pourrait rendre à n'importe quel moment tant les vibrations de la rame sont incessantes. Je sors ma petite liseuse – ce gadget bien utile dans les transports en commun, dans lequel on peut transporter autant de livres qu'on le souhaite – et j'entame le nouveau bouquin d'une auteure que j'ai adoré rencontrer, *Dans tes yeux* d'Aurélie Misseri. Son amour pour une chanteuse très connue mais discrète est l'essence même de ce roman. Je me cale dans le siège si inconfortable soit il du RER, je prends une posture particulière lorsque j'aperçois, au loin, un visage tourné vers moi puis qui fuit mon regard. Je remets mes yeux sur ma tablette, n'osant pas affronter cet individu. Et pourtant, mon inconscient me dit de lever la tête et de confirmer ce que j'ai entrevu. En effet, je reste scotché sur place, le plus beau visage que j'ai pu voir de ma si courte vie… Regard distrait mais sûr de lui, cheveux impeccablement bruns, je crois cerner une touche de bleu dans ses yeux sombres, une bouche qui pourrait faire pâlir l'homme le plus modeste que je suis et, surtout, des habits qui confirment que cet homme-là est un manuel : il porte un bleu de travail. Il doit faire un bon mètre quatre-vingt, donc plus grand que moi – je dois l'avouer j'ai toujours été attiré par plus grand. Soudainement la petite voie dans ma tête me dit « *Mais arrête ! T'es fou ! Tu crois vraiment que ce mec serait premièrement homo et deuxièmement attiré par toi ?* ». C'est bien vrai. J'écoute instantanément la petite voie et je baisse les yeux, je souffle un bon coup et je me remets à lire ce roman vraiment passionnant.

On y arrive : la station de La Défense est là, le bruit strident de l'ouverture de la porte et le flot d'hommes et de femmes s'extirpent tant bien que mal de la rame. Comme des moutons, nous allons tous dans la même prairie, nous suivons tous le même berger : le capitalisme. Nous rejoignons nos bureaux. Certains s'arrêtent dans le coffee shop à la sirène verte le plus proche, moi je n'ai pas le temps, je suis déjà presque en retard. J'arrive au pied de cet immense immeuble de verre, chaque étage se ressemblant et se confondant avec celui du dessus. Je pénètre à l'intérieur, je salue à mon habitude les premiers arrivants et l'hôtesse d'accueil. Elle est toujours aussi aimable, le sourire aux lèvres, le regard joyeux, Maryline de son prénom. Assez petite mais la chevelure dorée et tirée en arrière, un teint halé malgré la saison, on pourrait presque croire que c'est un robot créé par l'homme tant la perfection se conjugue à sa beauté. Ses petites lunettes et un rouge à ongles digne des plus grandes manucures. Je me dis qu'elle doit être assez sportive pour avoir un tailleur si serré sans une once de gras ! Elle me donne un papier que je lirai plus tard, j'ai trop de choses en tête. J'adore cette fille parce qu'elle est à la fois discrète mais à chaque fois enthousiaste de me voir – ou alors elle est comme ça avec tout le monde, qui sait ? Mais cette question j'ai le temps de me la poser, je dois vite monter au 20ème étage, le travail m'attend.

J'adore mon boulot, une gigantesque boîte qui crée des logiciels informatiques, entre autres. Mon job consiste à aller chercher les erreurs dans les programmes, une sorte de bêta testeur. C'est très rémunérateur, je l'avoue. Seul inconvénient pour moi : le travail se fait en open-space. La communication entre collègues est facilitée mais tout comme dans mon appartement, je préfère être seul. Associable comme diraient certains. Soit. Mais je ne suis pas ici pour me faire des amis, travail et vie privée ne font pas bon ménage, c'est ce que j'ai appris à mes dépend lorsque je travaillais dans le Sud. Mais tout de même, je m'y plais. Belle vue sur la capitale, café gratuit à volonté – étant un gros buveur de caféine c'est bien un avantage indéniable. Et tout à coup cette pensée qui vient me hanter : qui était-ce ? Un autre ouvrier qui part tranquillement et simplement au travail ? Je revois tout à fait ses yeux qui me fixaient et sa carrure imposante. Trêve de plaisanterie, je me remets au boulot.

La journée est longue, tellement longue. Je vois défiler les heures sur l'horloge accrochée au mur d'en face, le soleil se couche mais ce soir je vais pouvoir partir plus tôt. Pour une fois ! Une petite rencontre inopinée et je me dois d'y aller. Tout à fait, je fais comme beaucoup de gens et je me connecte sur des applications de rencontre. Quelle perte de temps par moment, mais je dois bien passer par là. Je n'ai pas assez confiance en moi pour m'asseoir dans un bar et siroter, pardon avaler, un petit whiskey coca, pendant que je me fais mater à droite, à gauche. Du coup, c'est décidé, j'ai dit oui et c'est ce soir. Je prends mes jambes à mon coup et je quitte aussitôt le plateau puis le bâtiment. J'attrape le premier RER qui vient et je peux enfin me rendre chez moi. Mon chat m'accueille, bien sûr, de son ronronnement légendaire. Après un câlin bien mérité, je file sous la douche, ou plutôt le bain, ça aussi c'est mérité. Je me prélasse une bonne demi-heure dans cette eau bien chaude, vu le temps qu'il fait dehors j'aurais tort de m'en priver. Une fois le temps écoulé, tout comme l'eau de la baignoire, je me prépare pour ma sortie. On est vendredi donc belle tenue obligatoire. J'essaie deux ou trois affaires qui traînent dans le placard de la chambre. Ce soir ce sera un pull bleu marine au col volontairement déformé, la laine tout neuve risque de m'irriter mais au diable les préjugés ! Avec ça, un jeans et des chaussures marrons, elles ont un peu vécu mais elles devraient faire l'affaire le temps d'une soirée, j'entretiens tout de même mes vêtements.

À peine le temps de nourrir le félin et de lui dire au revoir, que je claque la porte d'entrée et direction le Marais. Malgré le froid, les rues sont bondées de monde, moi qui pensais que la place de l'Hôtel de Ville serait déserte, finalement c'est un lieu de rencontre peu approprié mais tant pis je ne peux plus faire marche arrière. J'attends impatiemment que ce nouvel individu arrive, je regarde à droite puis à gauche, je tapote sur l'écran de mon smartphone pour afficher l'heure lorsque j'entends : « *Salut, c'est Aaron, c'est ça ?* ». Je me retourne et je le vois face à moi. Ma réaction a dû être assez explicite, ce n'est pas du tout ce à quoi je m'attendais. Je tente malgré tout de décrocher un sourire et je lui confirme que c'est bien moi. Le teint blafard, une tête de moins que moi – ce dont j'ai horreur – et des fringues… Je crois me voir dix ans en arrière ! J'en ai même de la pitié pour lui, tout comme sa coupe de cheveux dont on ne sait pas s'ils sont vrais ou s'il a trouvé un reste de balai derrière une poubelle ! Le pauvre, il a l'air congelé, il a sûrement parcouru la grande puis la petite couronne et les méandres du métro parisien pour se rendre sur la place. Mais il est là. Je n'ai rien contre les banlieusards, au contraire, je souffre pour lui et ce trajet hors du temps pour me rejoindre. Nous discutons un peu et je l'invite à quitter les lieux pour aller nous réfugier dans un bar, un simple bar suffira. Je n'ai tout à coup plus l'envie d'aller manger un morceau. Non pas parce que ce jeune homme ne correspond pas aux photos qu'il m'a envoyées – je ne comprendrai d'ailleurs jamais l'intérêt de se faire passer pour quelqu'un d'autre ou d'avantager son physique quand ce n'est pas le cas, bref – mais dans la foule j'aperçois un homme, ressemblant trait pour trait à la beauté que j'ai entrevue dans le RER le matin même. Je détourne mon regard et Lionel, oui c'est son prénom j'ai presque failli l'oublier, me recadre à sa façon. Je m'excuse platement et lui indique que la journée a été rude. Le début de soirée semble interminable dans l'un des bars gays de Paris. Nous finissons donc notre verre et le moment fatidique de la question « *Où va-t-on manger ?* » se pose. Et là, panique ! Je n'ai nullement l'envie de continuer cette rencontre infructueuse. Je ne fais pas dans le social et la seule envie que j'ai est de rentrer me caler dans mon canapé. Je prends mon courage à deux mains et lui dis que je préfère en rester là. Je sens son regard dépité voire contrarié, mais il vaut mieux terminer sur une note la moins désastreuse possible.

Je file à toute vitesse à la bouche de métro la plus proche et m'enterre sous la capitale. Il n'y fait guère plus chaud, les couloirs sont de vrais tunnels venteux ! La rame arrive : quel bonheur je vais pouvoir rentrer chez moi. Je sors à l'autre bout et m'enthousiasme de mon arrivée à mon appartement. Lui, au moins, il est chaud et accueillant. Le ronron de service arrive, mon petit réconfort de la soirée. J'aurais très bien pu rester « *en centre ville* » comme je dis toujours, mais non, pas la tête à ça. Il ne me reste plus qu'à profiter : c'est le week-end.

* *
*

Une heure de plus a passé. J'ai l'impression que cela fait une éternité que je regarde par la fenêtre. Je me demande vraiment ce que j'attends : peut-être un signe ? Quelque chose qui viendrait s'écraser contre la vitre et me surprendrait ? Quelque chose qui me ferait sursauter de manière à me rendre un peu plus vivant que ce que je suis, affalé sur mon canapé. Je prends mon smartphone mais l'heure indiquée est exactement la même que sur la pendule. Décidément, il me faut m'extirper de ma léthargie au plus vite. Mon chat me regarde niaisement, il doit sûrement se demander : « *qu'est-ce qu'il fait encore ? Ah mais c'est bientôt l'heure de manger, je vais pouvoir bientôt faire mes griffes partout dans l'appartement !* » Pas si vite, Bluetooth ! Je n'ai pas dit mon dernier mot ! Je lui donne sa pâtée en me demandant comment il peut aimer ça et je l'entends miauler à plein poumon lorsque j'ouvre la boîte. Non, en fait, avant même de l'avoir ouverte, le simple fait d'ouvrir le placard et le félin a quitté son antre, il vient dévorer le peu de dignité qu'il me reste !

Bref, quelques bouchées plus tard, il se dandine devant moi et me jette un regard fourbe mais je lui rends la pareille : j'ai mis du répulsif un peu partout où il avait l'habitude de s'acharner. Cette fois, c'est moi qui ai gagné ! J'enfile mon manteau, prépare mes gants – je déteste vraiment l'hiver – et je claque la porte. Je ne suis qu'à quelques pas de ce vent glacial lorsque je m'arrête net devant la porte de l'immeuble. Je regarde autour de moi et une vision vient troubler mes pensées : est-ce que je suis sincèrement en train de repenser à ce jeune homme aperçu dans le RER ? J'efface le doute en acquiesçant tel un ahuri « *Oui, j'avoue il était beau, mais tu crois vraiment avoir la moindre chance ? C'était un inconnu de plus dans cette rame infecte, un gars parmi tant d'autres qui part au travail…* » me dis-je dans ma tête. Ai-je besoin de me réconforter au point d'essayer d'oublier un homme que je n'ai vu qu'une seule fois et qui, de surcroît, ne me reconnaîtra même pas si je venais à le recroiser.

Je secoue fortement la tête, un passant crois que je lui fais signe mais j'esquive rapidement en baissant les yeux. Je ne suis pas fou, juste un peu perturbé par un événement qui ne devrait avoir aucune conséquence sur ma vie. Je m'arme de courage et brave le froid, la bouche de métro est heureusement proche. Bouche… Encore un mot qui me fait revenir à cet instant dans le RER. Je m'accorde quelques secondes pour y repenser mais le moment est venu d'entrer dans la rame. Elle n'attendra pas que j'aie terminé de me délecter de ce visage que je n'ai plus qu'en pensées. Le son strident du départ retentit et je me dirige à la Gare de Lyon, ses multiples couloirs et escalators me font déjà pâlir. Mon smartphone se met à sonner, les regards se tournent vers moi : oui j'ai une vie messieurs, dames ! Certes le son était un peu fort mais il est récent et j'ai quelque peu oublié de le personnaliser. Je décroche et, là, une voie trop bien connue s'exprime :

- Hey Aaron !

Je suis obligé de l'admettre, la voix de Christine, dite Chris, est tellement atypique que je la reconnais au premier mot.

- Salut Chris, quoi de neuf ?

- C'est à toi qu'il faut le demander, tu ne donnes même plus de nouvelles ! S'esclaffe-t-elle.

- J'étais débordé, un nouveau projet…

- Oué ok, bon tu fais quoi ? Me demande-t-elle aussitôt.

- J'allais en ville.

- En ville ? Mais tu y es déjà Aaron, faut que tu sortes de ta province un peu !

- Tu m'as compris, j'allais faire un tour du côté de la Tour Eiffel, une envie subite. Lui réponds-je un peu désemparé.

- Une envie subite par ce temps ? T'en as des bonnes toi… Ramène-toi, j'ai un ami à te présenter, c'est obligé, tu vas kiffer !

« *Je vais kiffer* », quand elle dit ça, je suis presque sûr que c'est pour me montrer quelque chose ou quelqu'un qu'elle aime, elle, pas moi. Je n'ai rien d'autre à faire, alors j'accepte.

- Oh super ! Je t'attends dans le Marais, viens vite !

Mais bien sûr, reine des âmes sœurs, prodige de l'amour en tout genre qui ne cesse de vouloir me caser avec le premier venu. Je ne suis pas fait pour n'importe qui ! Je me dois de m'exécuter malgré tout. Arrivé à Gare de Lyon, je change de métro direction Hôtel de Ville. J'avais décidé de sauter de gare en gare pour rejoindre la Dame de Fer, mais je suis maintenant obligé d'emprunter un autre métro, dommage pour moi, mon plan était déjà tout tracé. J'apprécie la mine déconfite des gens qui partent au travail ou encore celle de ceux qui en reviennent. J'ai aussi droit à mon jour de repos mais leur regard me fait culpabiliser. J'en serais presque dérangé si la rame n'était pas déjà arrivée à Hôtel de ville. Une bourrasque s'engouffre dans le tunnel. Mon nez et mes oreilles crient à l'agonie tellement le froid s'empare de la moindre parcelle de peau.

Les cheveux roux ébouriffés comme à son habitude, Chris agite ses bras pour me faire signe. C'est une petite personne, une tête de moins que moi à peu de choses près. Les yeux marrons en amande et une bouche pulpeuse, elle est aussi folle qu'un trapéziste qui tenterait un saut avec des bras en coton. Derrière ce grain de folie se cache une excellente décoratrice d'intérieur, à son compte s'il vous plaît. La meilleure sur Paris, c'est un fait. Je n'ose m'approcher d'elle tant elle passe pour une hystérique, mais heureusement grâce au temps la rue est quasi déserte. Je la rejoins quand je constate qu'elle n'est pas seule, bien sûr. Nous nous avançons un peu et tentons d'entrer dans le premier bar décoré d'un drapeau multicolore. Ce n'est pas ce qui manque dans le coin, même si j'ai l'impression que le quartier entame une métamorphose. Le Marais tel que je l'ai connu l'année dernière à mon arrivée à un goût de changement. Des boutiques de fringues, en veux-tu en voilà. Même Chris le reconnaît, tout change à grande vitesse dans la capitale. Sûrement un renouveau, diraient certains.

Nous nous asseyons et Ludo le barman du « *Sei e Quarante* » vient prendre notre commande. Ah ! Ce barman… Je n'arrive même pas à le regarder dans ses yeux d'un bleu intense. La beauté réincarnée dans cet Apollon ! Je l'ai vu à plusieurs reprises pratiquer son sport sur les bords de Seine, il est impressionnant. Il me demande du haut de son mètre quatre-vingt-quatre ce que je prends : « une piña… colada… » lui réponds-je frileusement. Je ne peux m'empêcher d'être envahi par la timidité dans ces moments-là. Chris s'aperçoit de mon petit jeu avec ce sportif et s'empresse de me faire du pied. Manque de bol, ce n'est pas le mien mais celui du mystérieux invité qui lui signifie cette erreur. Je la regarde et me mets à rire. Je ne le fais pas exprès mais si on me présente quelqu'un dans ce bar, c'est mal joué. Elle me regarde fixement puis penche légèrement la tête vers notre hôte. Je jette un œil puis retourne rapidement vers Chris et fronce les sourcils. Elle entame la discussion :

- Aaron, je te présente Will. Will voici Aaron.

Nous nous regardons et nous exprimons aussitôt « *Enchanté* ». J'ai l'impression qu'un vent de type tramontane souffle si fort que mes cheveux pourraient se déloger de mon crâne ! Nous essayons tant bien que mal de parler de choses et d'autres. Chris commence à désespérer face à mon manque d'enthousiasme. Will a l'air fort sympathique, mais j'ai un peu de mal, quelque chose cloche chez lui – ou alors chez moi, qui sait ? – peut-être ses lunettes qui ne lui vont pas ? Ou ses oreilles trop pointues ? Je dois avouer qu'il a quand même du charme, en creusant – autant je vais trouver un cadavre à force de trop chercher en profondeur ! Il doit connaître cette notion en tant qu'architecte chez « LaTour Concept » l'une des plus prestigieuses sociétés dans ce domaine. Forcément, Chris a des amis de qualité, cela ne m'étonne pas. Will est blond et ses yeux sont bleus, comme le barman. Mais ce bleu, lui, n'est pas intense, il est même fade. Ce qui pourrait me rassurer ne me plaît pas, au contraire, il est plus petit que moi, pas de beaucoup, mais la différence est là.

Je décide, malgré ma réticence, de faire plus ample connaissance avec cet inconnu. Chris s'éclipse, comme à son habitude quand elle voit que quelque chose se trame entre moi et la nouvelle opportunité. La conversation dérive. Certes, cela fait maintenant quelques temps que je n'ai rencontré personne. Je comprends rapidement que Will n'en est pas à ses débuts de conquêtes. Moi non plus d'ailleurs, loin de là. Je le vois se lever et me tendre la main. Main que j'utilise aussitôt pour faire un signe à Chris qui jubile, pour une fois qu'elle arrive à me faire rencontrer quelqu'un qui donne un semblant d'envie ! Nous partons si rapidement que j'en suis à deux doigts de faire tomber le beau Ludo, le barman qui ne passe pas inaperçu. Je me dis qu'un de ces jours je devrais prendre le taureau par les cornes et essayer de dompter cette bête de sexe ambulant. Mais ça, ce sera un jour prochain, peut-être même jamais…

Will me demande où j'habite mais je n'ai pas pour habitude d'amener quelqu'un chez moi. Je me le défends, c'est mon espace de vie, mon jardin secret. Il faudrait vraiment que je tombe sur une personne censée, dévouée et que j'aurais l'envie d'aimer. Pas un inconnu qui m'a quelque peu tapé dans l'œil. Malgré tout, Will est compréhensif. Pas forcément mon genre, mais c'est un intramuros – quelle chance d'habiter dans le centre de la capitale et non à deux heures de la grande couronne ! Il me fait un signe avec sa tête voulant exprimer sa volonté de foncer chez lui. Nous courrons à travers les rues et les trottoirs. Nous manquons de frôler les passants, au point d'en avoir un fou-rire. Ce moment d'égarement arrivant à son terme, le pied de son immeuble se déploie devant nous. Il entre le digicode et la porte émet un grincement sourd, Will la pousse et nous entrons timidement dans la cage d'escalier. Heureusement, son salaire lui a permis d'acquérir un appartement accessible par ascenseur. Nous entrons dans celui-ci, des peintures agrémentent les murs de couleur saumon, de petites statues sont parsemées ici et là. Un tapis touffu sur lequel je bronche tant je suis étonné des lieux manque de me faire sentir le sol à plein nez. L'appartement est si grand que les lumières légèrement tamisées donnent l'impression de galoper dans les couloirs. Le jeune homme s'approche de moi, pose sa main sur ma joue puis ma nuque. Je réalise tout juste que la pression de son bras m'attire inexorablement vers son visage. Nos lèvres s'effleurent et je peux sentir son rythme cardiaque s'accélérer. Ou serait-ce le mien ? Nos corps sont si proches. Will me prend par la main et tandis qu'il me tire avec lui à travers les couloirs, un rayon lumineux parcourt l'immensité des lieux. Je peux l'apercevoir par la baie vitrée démesurée, la précieuse, l'unique : la Tour Eiffel. C'est comme dans un rêve. Comment peut-on acheter ce genre de bien ? Je n'ai même pas le temps de me poser cette question que l'architecte s'empresse de me convier dans sa chambre.

Eh bien, on y est ! Il me jette sur son lit et se plaque contre moi. Ce petit bout d'homme est d'une douceur, je n'ose le toucher de peur de le briser, tel un vase antique posé sur le rebord d'une table tout juste lustrée. Un fond sonore retentit. Il a pensé à tout. Nous entamons des ébats auxquels je n'aurais pensé, à la fois délicats et sauvages. Je suis allongé sur le dos, Will me déshabille petit à petit, il fait de même avec ses vêtements. C'est un vrai acrobate, d'une souplesse légendaire, nous nous retrouvons à poil en deux temps trois mouvements ! Il effleure mon corps de haut en bas avec sa bouche. Mon sexe y passe aussi langoureusement, je prends vraiment mon pied tellement c'est bien fait… Il écarte mes jambes et remonte vers moi pour m'embrasser et me susurre à l'oreille « *On va y aller doucement, ne t'inquiète pas* ». Loin de moi l'envie de me poser trop de questions mais une me vient quand même à l'esprit et je suis obligé de la lui poser :

- Tu as ce qu'il faut ?

- De quoi tu parles ? Me rétorque-t-il étonné.

- Préservatif mec, je fais pas sans…

- Ah ok, je reviens. Finit le jeune architecte, pour qui les immeubles sont plus faciles à protéger que sa propre vie.

Ni une, ni deux, je remets toutes mes affaires. Je lace tout juste mes chaussures qu'il revient avec les parties tremblotantes :

- Tu fais quoi ? Me demande-t-il stupéfait.

- Tu crois vraiment que je vais quelque chose avec un gars qui ne pense pas à se protéger ? Désolé mais pas pour moi.

- Ok ! Comme tu veux !

Will reste dans sa chambre, nu comme un ver, je prends ma veste laissée sur le sol comme un vulgaire chiffon. Encore un qui ne me reverra pas d'aussitôt ! Ce doit être le troisième homme que je rencontre dans ma vie et qui n'a qu'une envie : m'enfiler sans même prendre ses précautions. Je suis subjugué. Je quitte ce bel appartement et dévale les escaliers aussi vite que le temps qu'il m'a fallu pour arriver en haut. Je repars, déçu, encore une fois. Mais je me dis que mon chat m'attend soit sur le canapé, soit sur le rebord de la fenêtre en train de guetter ce qui se passe à l'extérieur.

Je regarde le métro arriver, languissant mon chez moi. Je réfléchis et me pose encore toutes ces questions existentielles mais indispensables : « *Pourquoi ai-je mérité un gars comme ça ? Et si on était allés plus loin ? Avec combien de mecs il a couché de cette façon avant moi ?* ». Mais je me conforte avec une idée bien précise : ce n'est pas demain la veille qu'on ouvrira mon temple sans s'armer de l'attirail nécessaire ! Encore une soirée qui se termine comme elle a commencé. Cette fois était bien la dernière et Chris pourra garder ses contacts loin de moi !

Chapitre Deux

Six ou Sept. C'est le nombre de rayons de soleil qui pénètrent dans ma chambre. D'habitude, je ferme totalement les stores. Même s'il est vrai que le soleil est davantage devenu un luxe plus qu'autre chose dans la capitale. Pour le coup, moi qui voulais passer mon dimanche au lit, sans rien faire, surtout après le fiasco de la veille. Mais si ce n'est pas mon chat qui vient miauler dans mes oreilles, c'est le soleil qui ose s'afficher ce week-end ! Du coup, je m'extirpe tant bien que mal de mon lit, attrape la manivelle du store et l'ouvre d'une traite. J'ai l'impression d'assister à un fait miraculeux : ma chambre est baignée de lumière.

Je décide de ranger un peu l'appartement. Les poils de chat ne s'évaporent malheureusement pas ! Je flâne un peu dans mon canapé. Puis sur le lit. Je navigue entre les pièces mais quelque chose me taraude l'esprit. Décidément, la pensée de l'homme du RER vient hanter mes songes, je suis un peu perdu. J'essaie de faire abstraction quand tout à coup mon smartphone se met à sonner. Qui vois-je en photo de contact ? Je vous le donne en mille… Chris ! Ce n'est certainement pas le moment de me déranger ma pauvre. Si c'est pour me rancarder avec le premier crétin venu, non merci ! Je décide donc de ne pas répondre. Bien sûr, elle réitère son appel, deux ou trois fois. Je l'appellerai dans la semaine, d'ici là, je vais profiter de mon week-end.

Il fait beau, donc ? Je me prépare à sortir. Après le froid de ces derniers jours, on dirait bien que le temps a changé. Une simple veste suffira amplement. Je claque la porte de l'appartement, dévale à mon habitude les marches et pointe le bout de mon nez à l'extérieur. Une odeur fraîche d'un printemps prématuré effleure mes narines. Ça fait un bien fou ! Je me précipite dans le métro direction la Tour Eiffel. Cette fois c'est sûr, j'y vais. Rien ne pourra m'en empêcher, même pas un énième appel de Chris.

Une fois le trajet effectué, je sors de la bouche de métro – je n'ai pas aperçu celui que j'attendais sans vraiment l'attendre – elle est là devant moi. Élancée, toujours la même, un regard sur l'horizon comme pour protéger sa ville, cramponnée au sol comme personne mais immobile depuis toutes ces années : la Dame de Fer. Tellement fier de ce que la France a construit, je la contemple sous tous ses angles. C'est une beauté sans pareille. Je tente de lire les noms inscrits sur sa ceinture, j'en fais le tour comme si c'était la toute première fois. Le Champ de Mars est juste à côté, qui m'attend de sa verte pelouse. « *Allons-y* » me dis-je tout bas. Je m'écrase au sol en direction de la divine, je ne cesse de la regarder. Peut-être par peur qu'elle disparaisse au moindre détour, mais il n'en est rien, elle est éternelle. Heureusement pour moi.

Je me tourne un peu, tel un tournesol en quête de rayons de soleil, je savoure l'instant en fermant les yeux. Je sens la vitamine D qui s'infiltre dans chacun des pores de ma peau. Je n'avais pas ressenti cette sensation depuis des lustres, c'est une aubaine ce temps ! Je m'évade un instant dans mes pensées. Des flashs de mémoire apparaissent çà et là, je tente de dissocier ce que j'ai vraiment vécu de ce qui n'est que fantasme. Je le vois, comme s'il était face à moi, debout et immobile. Je sais que ce n'est qu'un rêve, mais cet inconnu est planté là, il ne bouge même pas. C'est fou ce qu'il peut me faire comme effets ! L'expression de mon ressenti se faufile tout droit dans mon entrejambe. Inutile de faire un schéma… Je me délecte de ce moment. Je savoure le moindre instant comme si ma vision devenait réalité, comme s'il était possible de m'approcher de lui et de pouvoir le toucher. Ses traits, sa grandeur, son odeur. Je peux tout ressentir. Je le revois tel quel, avec son bleu de travail, le sourire en coin de bouche. Il est d'une beauté inégalable, et pourtant j'en ai vu des mecs, mais lui, c'est le « fin du fin » ! Je m'avance davantage et entame le dernier pas lorsque je tends mon bras vers lui. Nous sommes si près l'un de l'autre que je passe mes doigts dans sa chevelure brune. Pas une mèche ne dépasse. Avec mon autre main je caresse son visage et admire chaque détail, sa barbe me griffe légèrement. Mes yeux regardent un coup à gauche, un coup à droite, puis de haut en bas. Je retiens sa tête et suis sur le point de poser mes lèvres sur les siennes lorsque… Et merde ! J'ouvre les yeux et me retrouve dans le monde réel, mais le fantasme a eu raison de moi, mon pantalon me le prouve… Je me dis qu'il vaut mieux que j'attende avant de me lever, j'aurais l'air moins bête en posant ma veste dessus. Heureusement pour moi, personne n'a vu ce moment gênant.

Même si les journées sont courtes en cette saison, le soleil chauffe encore pas mal et je prends le temps de m'abandonner dans les ruelles de Paris. Je rejoins la Seine pour marcher sur les quais. Je contemple les bateaux-mouches avec quelques touristes à leur bord. Je les vois armés de leur smartphone et autre caméra, photographiant les monuments parisiens. J'ai l'impression d'y être, j'ai fait la même chose il y a quelques temps, lorsque j'étais nouveau dans la capitale. J'ai vraiment eu de la chance, quand on connaît les tarifs des locations, de trouver un appartement si proche du centre. Les trajets sont certes une perte de temps mais au moins je travaille pour la boîte qui me plaît et mon job est vraiment une aubaine dans ma vie. J'ai pu bouger à travers la France, en quête de l'endroit parfait pour m'y établir. Je ne saurais dire si Paris est cet endroit mais depuis le temps, je m'y sens bien, malgré le peu de rencontres faites. Il vaut mieux ne faire connaissance avec personne plutôt que de côtoyer des gens infectes et inintéressants. Ce que j'ai vécu hier soir avec ce « Will » était certes abject mais j'ai vu pire lors de mes déplacements à Lille, Montpellier ou encore Nice. J'y ai toujours eu du travail mais alors côté rencontres j'ai dû voir ce qui se fait de pire dans le milieu… Je pense que certains m'ont tout simplement pris pour un « *garage à bites* » comme diraient certains, ça ne peut être autrement. Loin de moi cette idée, je suis bien fait de chair et d'os et le peu de dignité qui me reste, je compte bien l'employer à bon escient dans la plus importante ville du pays ! L'on se préoccupe de moins en moins de la peur d'être contaminé par quelques maladies que ce soit, il existe aujourd'hui des moyens qui permettent de repousser ou d'éliminer un tant soit peu celles-ci, que ces inconscients sont prêts à tout pour baiser ! Je ne fais pas partie de cette population, de ce siècle peut-être, je suis sûrement archaïque, je ne connais forcément pas toutes les mœurs actuelles. Mais je suis bien comme je suis et je resterai fidèle à cette idée.

Il est maintenant temps que je rentre, mon pantalon a eu le temps de sécher, j'ai l'air innocent dorénavant. Personne ne pourra contempler mon œuvre précédente et ricaner telle une hyène en manque de nourriture ! Je ne serai pas la proie pour cette fois, je l'ai échappé belle. Je m'engouffre dans le métro, le vent glacial a repris du poil de la bête et se fait bien ressentir à cette heure tardive de l'après-midi. Ceux qui ont passé, comme moi, leur temps libre dans les parcs du centre-ville, rentrent peu à peu chez eux, j'en fais de même. Je passe par la Gare de Lyon, histoire de voir les panneaux d'affichage des trains. Pour peu qu'il me prenne l'envie de partir d'ici, il faudrait que je choisisse où aller. La question serait plutôt quand ? Car cela fait seulement un an que je suis ici et déménager encore serait plus un fardeau qu'autre chose. Je continue ma route, je vois des couples à droite à gauche, comme si c'était devenu une fatalité : être avec quelqu'un, quel que soit le sexe et l'orientation. Je suis bien seul après tout ! Pourquoi m'embêter avec une personne qui ne me ressemble pas ? Je doute de trouver mon alter ego dans la capitale, mais qui sait ? Mon chat aura peut-être la réponse. Je prends le métro direction « *Nation* » et mon appartement. Je brave le froid qui s'est de nouveau installé en ce début de soirée, je suis presque congelé ! Je rentre chez moi tandis que mon fidèle compagnon m'attend sur le pas de la porte. Forcément c'est pour les croquettes qu'il est là, ce ne peut en être autrement… J'entame mon rituel : je nourris Bluetooth, je me cale dans mon canapé et zappe entre les chaines pour tenter de trouver quelque chose à regarder. Mais rien, comme d'habitude. Je m'attarde sur une émission de la cinquième chaîne, autant se cultiver plutôt que de s'abrutir avec des jeunes enfermés dans une maison à plusieurs millions de dollars… Je sens que ce week-end va se terminer sous peu, je dois penser à me lever assez tôt, les problèmes fréquents du RER A sont déconcertants le lundi matin, autant que j'anticipe. Il est temps que j'y aille, mon lit m'attend autant que j'ai envie d'y piquer une tête…

* *

*

« *Il est 6h15, vous êtes sur radio Paris Centre, la radio de détente* ». Nous sommes le lundi 19 mars. Nouvelle semaine qui démarre. Je pense qu'un jour je vais détruire d'une seule main agile ce maudit réveil ! Malheureusement, je suis lié à lui, comme lui au temps. Si je le pulvérise, je n'aurais plus de moyen de me réveiller et qui dit retard dit problème au travail. Un retard à mon boulot et je serai viré, je n'ai certainement pas envie que ça arrive. Pas vraiment envie non plus de devoir chercher autre chose, voire être obligé de partir ailleurs sous peine de perdre tout ce que j'ai acquis – si durement – dans la capitale. Donc : non, ce maudit réveil restera à sa place et je tenterai de faire abstraction de cette soudaine envie de me recoucher. A mon accoutumée, la tornade en moi se déchaîne et je passe d'une pièce à une autre, sans oublier de mettre le nécessaire visuel : mes plus beaux atours – on m'a dit un jour « sors comme si tu allais rencontrer l'homme de ta vie » alors je m'exécute, qui sait ? Mon chat en a presque le vertige, cette petite boule de poil regarde à gauche puis à droite. Bluetooth est désorienté par mes allers et venues jusqu'à ce que je m'arrête promptement devant lui :

- Bah alors, qu'est-ce qui t'arrive mon fils ?
- « Miaou »
- Bien sûr, j'ai compris ce que tu viens de miauler, je vais de ce pas te faire un câlin et vite partir pour ne pas être en retard !
- « Miaou »
- Ouais ok...

Sa petite bouille entre les mains, il me ronronne à la figure. J'ai juste le temps d'enfiler le reste de mes affaires qui me permettront d'affronter ce froid hivernal. Je claque la porte d'entrée, ferme à double tours et dévale les escaliers – je tente le deux par deux mais à moins de vouloir attenter à ma vie et surtout à mes chevilles, je reviens à la cadence d'une marche après l'autre.

Je sens la différence dès lors que j'accède à l'extérieur, la chaleur de la veille s'est totalement éclipsée dans nuée frigorifique intense. Je crois avoir confondu le pied de l'immeuble avec un congélateur grandeur nature. Mais, non ! La saison refait des siennes, elle va finir par m'avoir ! Tant pis, plus j'attends et plus j'ai de chances de finir par voir ma figure sur une affiche qui dira « *Un jeune homme retrouvé pétrifié par le froid, pourquoi n'a-t-il pas pris l'initiative de déguerpir ?* » J'évite toute confusion et me dirige vers ce qui fait tourner la capitale : le RER. Mais qu'est-ce que c'est monotone ! Personne ne parle, personne ne rit, le teint est blafard, chacun n'ose regarder autour de lui, chacun est concentré sur ton trajet et sa journée. L'un se demande s'il a bien fermé le gaz avant de partir, l'autre cogite sur une réunion qui risque de lui coûter sa carrière. Et moi, eh bien, je regarde tout ça avec attention. Les écouteurs dans les oreilles, je jubile sur le sort de tout un chacun. Je pourrais me distraire avec un bon vieux livre, mais cette fois-ci je n'ai qu'une envie : me laisser aller au gré des voyageurs matinaux, en partance pour leur Bagne.

La rame est annoncée, peu de temps après l'on peut sentir un vent fort s'engouffrer dans toute la station. Elle arrive. Un crissement par-ci, un autre par-là, puis elle s'arrête brusquement. Les portes s'ouvrent mais personne ne sort, un flot important s'empare de la montée, le quai ainsi se vide. La rame, elle, est bondée de monde. Par chance, j'ai pu trouver une place et profite d'être assis pour rapidement dévisager les gens qui sont autour de moi. Je fais alors un jeu, celui de « qui je trouve beau » et là, ma déception est immense. Aucun ne répond à mes critères de sélection superficiels. Zut ! Bon, dans ce cas, je vais jouer au contraire, celui ou celle que je trouve le plus moche ! En faisant cela, je me retrouve bête, ce jeu est décidément stupide. Je me résigne alors et ne fait que regarder autour de moi, sans jouer. Le temps va être long, je n'ai plus qu'à écouter ma musique qui devrait me transporter le temps du trajet.

La rame écume les stations les unes après les autres. Elle se vide puis se remplit selon les endroits. Lorsqu'elle quitte le centre de Paris, les costumes prennent place, les cravates virevoltent au gré des ouvertures de portes. Les bijoux et les plus beaux atours disparaissent et des habits plus stricts, plus cérémonieux les remplacent. On se rend vite compte qu'on arrive à la Défense, elle n'est plus qu'à quelques stations. Seulement, lorsque les portes se referment après un énième va-et-vient, quelque chose a changé. Je n'hallucine pas. Je me frotte les yeux, de peur que cette vision ne provienne que de mon imagination. Mais c'est bien réel.

Il vient de s'asseoir, à la dernière place assise restante, comme si elle avait été laissée libre pour lui, comme si toute la rame savait qu'il devait monter à bord. Je n'ose porter le regard sur cette personne. Cet homme. Celui que je n'avais plus qu'en songes. Il est enfin là, je ne peux m'empêcher de me tortiller et tenter de le mater discrètement. Mince ! Je crois qu'il m'a vu « qu'est-ce que je vais faire ? » me dis-je au fond de moi. Mes pensées les plus malsaines à son égard refont surface. J'ai alors l'impression que tout le monde peut les voir comme un écran géant au-dessus de ma tête. Je tente malgré tout de penser à autre chose, comme si les images diffusées allaient changer telle une télécommande à la place du cerveau mais rien n'y fait. Toute mon histoire défile à plein régime, la foule se met à rire, le jeune homme furieux de ce que je peux imaginer à son sujet se lève et vient m'emplâtrer la plus grosse beigne de ma vie !

Mais heureusement pour moi, mon imagination s'estompe et tout le monde n'a que faire de ce à quoi je pense. Cependant, j'ai l'impression que des yeux sont rivés sur moi. Encore un tour de l'une des parties de mon cerveau ? Pour une fois, je doute. Je replace mon regard vers lui et, en effet, je suis devenu le centre de son attention. Qu'est-ce que j'ai fait ? J'ai un morceau de persil coincé entre le front et le nez ? J'ai laissé le pot de gel collé sur mes cheveux ? Peut-être qu'un coton tige dépasse de l'une de mes oreilles… ou tout simplement, comme la plupart des hétéros qui se demandent, peut-être à raison, pourquoi je l'ai regardé. Ni une, ni deux, je fixe un point à l'horizon. C'est assez dur de fixer quelque chose qui ne fait que bouger, le paysage défile et mes yeux jouent la balance, jusqu'à ce que je les replace à nouveau sur cet individu hors du commun. Je me rends bien compte, dorénavant, que tout ce à quoi j'ai pu penser précédemment n'était que pure imagination. Il a bel et bien jeté son dévolu sur moi, tout comme moi sur lui d'ailleurs.

Le haut-parleur grésillant annonce que nous sommes arrivés en fin de ligne. Cette voix bizarre que l'on ne comprend presque pas, est-ce d'ailleurs du français ? Lorsque l'appareil stoppe soudainement, les portes s'ouvrent et le flot d'hommes et de femmes tous aussi pressés les uns que les autres se hâtent vers la sortie. L'une avec son téléphone portable collé à l'oreille droite, l'autre avec sa tablette en train de peaufiner sa future conférence avec des tableaux et des camemberts de toutes les couleurs. C'est aussi ça que j'aime dans ce quartier, chacun sait ce qu'il a à faire, et le fait bien, ou, tout du moins, essaye. A l'instar de moi, qui me fige lorsque je quitte la rame, car je ne suis pas seul sur le quai. L'homme qui hante mes pensées est face à moi. Mon Dieu qu'il est beau ! Je suis pétrifié de peur dès lors que je le vois s'approcher de moi. Je me retourne, peut-être que sa femme l'attend, prête à lui donner son repas de midi qu'il a oublié en partant de sa belle maison, ce plat qu'elle lui a confectionné avec amour alors que les bambins sont en train de crier autour d'eux, comme pour attirer l'attention. Mais cette attention, c'est bien moi qui l'attire. Nous ne sommes que deux sur le quai, la femme, la maison, les bambins et la belle maison que j'imaginais s'évaporent instantanément de mon esprit. Mon cœur s'accélère, quelques gouttes se mettent à suinter de mon front, mes mains deviennent moites. Peut-être va-t-il passer près de moi tout simplement, la sortie qui lui convient est sûrement située à l'opposée d'où nous nous trouvons. Encore une fois, ça ne risque pas, les sorties sont toutes dans le même sens sur cette ligne. Donc, c'est bien vers moi que ce mâle s'attelle. Telle une gazelle qui s'embourbe dans un sable mouvant, ne pouvant fuir à l'approche du lion, roi du règne animal, prêt à bondir sur sa proie. Inexorablement, je reste enraciné sur place. Impossible de bouger. D'ailleurs, pourquoi bouger ? Je l'attendais ce moment depuis plusieurs jours, je ne vais tout de même pas me défiler à cet instant si propice !

- Bonjour, je m'appelle Ethan.

- B… Bon… Bonjour.

- Désolé de t'embêter mais on se connaît ?

Mais pourquoi cette question ? Si vraiment on se connaissait tu ne me la poserais pas ! Je vous jure, certains n'hésitent pas à faire style de vous connaître pour tenter l'approche. Forcément, ça fonctionne sur moi…

- Je ne crois pas.

- D'accord, ton visage me disait quelque chose.

Du moment que ce n'est que le visage… Pour ma part, une tête et un corps comme ceux-là, je ne risque pas de les oublier !

- On a dû se croiser, je prends le RER tous les jours pour aller au travail, lui réponds-je alors que je savais pertinemment que l'on a fait plus que se croiser, le simple fait de l'avoir pris en photo dans ma mémoire m'a permis d'imaginer de ces choses...

- Oui, c'est sûrement ça, rétorque-t-il de son magnifique sourire. Du coup, je suppose qu'on va se recroiser, je prends cette rame aussi tous les jours.

- J'espère bien ! Heu pardon, lui dis-je en regardant ailleurs, je voulais dire qu'on va forcément s'échanger des regards... Enfin, je veux dire...

Pris de panique, je tourne les talons et me mets à marcher vite en direction de la sortie. Je me retourne et le vois qui esquisse un joli sourire. Un clin d'œil vient perturber ma marche, je me prends le portique de plein fouet. Mais quelle honte ! Je continue comme si de rien n'était mais une douleur parcourt ma jambe droite. Après quelques mètres je peux enfin souffler et surtout boiter, tout en continuant ma route en direction de l'immeuble de verre dans lequel je travaille. Il a l'air immense cet immeuble ! Plus grand que dans mes souvenirs. Tout comme le beau jeune homme. J'ai fui devant lui comme si je lui avais raccroché au nez.

J'entre dans le bâtiment, l'hôtesse d'accueil tente de placer un bonjour suivi d'un sourire qui s'estompe peu à peu, tant l'incompréhension s'empare d'elle. La pauvre fille, déjà qu'elle doit subir les humeurs des salariés qui franchissent le pas de la porte – ils sont d'ailleurs nombreux, c'est l'immeuble de bureaux le plus peuplé de la Défense – mais là, alors que tous les jours elle a droit à ma joie manifeste, à cet instant tout en est autrement. Elle se décompose tout autant que moi. Un léger tourbillon suit ma progression, il en faut peu pour qu'un des vases qui ornent l'accès à l'ascenseur ne se fracasse au sol. Je l'ai échappé belle. Une voix retentit et me demande « Vous montez à quel étage ? ». Je suis tellement perdu dans mes pensées que je n'ose sortir un seul mot. L'employé me regarde de haut en bas et appuie sur le bouton numéroté « 10è ». Tant pis, ce n'est pas là que je dois sortir mais je continuerai mon ascension après.

Mais que s'est-il passé ? Je n'arrête pas de ressasser cette question dans tous les sens dans ma petite tête. Ai-je paniqué ? Apparemment oui. Tant de beauté au centimètre carré a eu raison de moi. Pourtant il n'y avait personne devant le RER, nous n'étions que lui et moi. Seuls au monde. Il a suffi d'une phrase et d'un regard pour j'en perde tous mes moyens. Après avoir franchi plusieurs étages et m'être trompé à plusieurs reprises de porte, j'arrive enfin au 20ème étage, celui de la Doltha Production, l'entreprise dans laquelle je travaille. Enfin, il me semble. Tout devient confus jusqu'au lieu où je me rends tous les jours. Je regarde inexorablement par-delà la baie vitrée et aperçoit la station de RER en contre-bas, lieu du crime. Au loin, je peux même distinguer ce qui fait de Paris la belle et grande capitale. Je me demande sur l'instant comment je vais pouvoir m'y rendre à nouveau sans avoir à prendre le train, mais à moins de payer une fortune en taxi, je vais devoir me résigner à emprunter les transports en commun et risque de tomber sur Ethan, le bel « inconnu ».

19h02. Le tic-tac de la grande horloge accrochée au mur est si précis qu'il aurait presque tendance à me bercer. Il y a quelques années, le PDG de la boîte, monsieur Stéphane Lendroit a proposé à ses employés l'outil d'indication horaire qui serait le plus adapté aux lieux. Ni une, ni deux, nous avons tous voté à l'unanimité pour un magnifique cadran de style industriel dont les aiguilles disproportionnées faisaient face à des chiffres tous aussi impressionnants. Le côté pratique est qu'elle se situe juste en face de mon bureau, malgré tout, je finis toujours après les autres. Un certain confort de solitude s'empare de moi dès lors que mes collègues s'affairent vers la sortie. Cela me laisse du temps pour mieux réfléchir, je peux ainsi parcourir les bureaux en faisant les cent pas, gigoter sur ma chaise qui grince quand je suis trop en arrière. Je regarde mon ordinateur puis lève la tête, la grande aiguille noire pointe toujours vers le même chiffre, toujours au même endroit.

Je m'enlise dans mes pensées, lève la tête, mais cette satanée grande aiguille noire ne bouge pas. A croire qu'elle a compris mon jeu et tente désespérément de m'attirer vers l'extérieur afin de faire face à ce qui pourrait m'arriver : tomber nez à nez sur Ethan, le beau brun, l'inconnu qui ne l'est plus !

Je m'arrête spontanément. Mes yeux sont rivés sur cette horloge plus grande que ce qu'elle devrait être, je m'arme de courage et ferme mon ordinateur portable. Elle aura eu raison de moi ! Je m'empare de ma veste et de mon écharpe puis file vers la sortie. Je pars si vite que je manque de peu de faire tomber l'homme de ménage. Celui-ci me jette un regard curieux, il doit se demander ce que je fais à une heure pareille alors que l'étage entier s'est déjà vidé de sa substance salariale il y a fort longtemps. Sorti de l'ascenseur, j'aperçois le gars de la sécurité, son visage toujours aussi fermé n'attend qu'une chose : que je déguerpisse du bâtiment. Bien sûr, il a d'autres chats à fouetter. Il pourra d'ailleurs fouetter celui qu'il veut, sauf mon Bluetooth ! Lui, personne ne le touche.

Je passe l'immense porte de l'immeuble, je sens sur ma peau les premiers flocons de neige. Une pureté innocente s'empare des lieux. L'hiver prend enfin place entre les buildings de la Défense, l'hiver est arrivé – d'autres disaient qu'il vient mais ça, c'était avant. La bise glaciale souffle intensément, les quelques flaques d'eau çà et là entament leur gel, un passant est tellement happé par l'écran de son mobile qu'il pratique instantanément la plus belle pirouette digne d'un grand concours de patins sur glace ! La station de métro n'est plus très loin mais par un temps pareil, j'ai comme l'impression que des ouvriers magiques l'ont déplacée pendant ma journée de travail, elle est sacrément loin ! Ces minutes qui m'ont paru des heures et je me retrouve face à la bouche de métro, prête à m'engloutir, ses escalators qui couinent ne me laissent guère le choix : je dois pénétrer à l'intérieur et me faire avaler comme une vulgaire friandise. Mes yeux scrutent dans tous les recoins, pour peu que je fasse malencontreusement un croche pied à celui que j'admire tous les jours. J'en ai presque le tournis, que vais-je dire cette fois ? Que va-t-il me dire ? Va-t-il rire aux éclats en me voyant et me demander si ma cheville s'est remise de notre rencontre ?

Comme toujours, j'en fais tout un foin. J'ai le temps d'attendre la rame, d'entrer à l'intérieur et d'y prendre place. Personne à l'horizon à part quelques pèlerins qui ont bravé le froid, tout comme moi. Je me sens tout à coup soulagé, je n'aurais pas à l'affronter, cela aurait été trop en une seule journée. Je mets mes écouteurs dans les oreilles et me laisse bercer par le RER qui tangue à droite puis à gauche. L'entrée dans Paris se fait assez rapidement, ou alors c'est moi qui ne suis plus attentif à cette demi-heure qui met pourtant du temps à s'écouler. « Nation. Nation » braille la voix automatique, ça y est je suis arrivé. Je suis planté devant mon immeuble, suis-je assez fou pour penser qu'il pourrait être là à m'attendre sur le pas de ma porte ? Apparemment oui. En moins de temps qu'il n'en faut pour le dire, je suis déjà à l'extrémité du bâtiment, j'enfonce la clé dans la serrure, la tourne et entends le miaulement de mon petit chat préféré. J'entre et vois ses gros yeux globuleux me fixer, suivi d'un petit « miaouw » docile et affectueux. Comment résister à cet appel ? J'ai d'ailleurs plus de mal à y résister qu'à l'appel du *Chef de la Horde*…

La soirée est presque terminée, forcément je l'ai commencée assez tard vu l'heure à laquelle j'ai attrapé la dernière rame du RER A. Je me jette sur mon plaid et me traîne tant bien que mal vers ma chambre. Je n'ai presque rien mangé mais peu importe, je n'ai pas la tête à ça. Je m'affale sur mon lit telle une étoile de mer, ça a du bon d'être seul. Mon chat, figé comme une statue sur la commode, me regarde d'un air lassé. Vais-je sortie une souris en caoutchouc et la secouer bêtement ? Surtout pas, il en a horreur ! Je ferme les yeux après avoir programmé mon réveil. J'entre peu à peu dans des rêves, tous aussi farfelus les uns que les autres. Je me crois soudainement roi dans un immense château, puis tout à coup dans une forêt de chênes d'une couleur rougeâtre en train de traverser l'un des arbres magiques. Pour finir, je sens sa présence, dans mon rêve, l'Inconnu m'enlace de ses grands bras, son parfum m'enivre, sa voix rauque chantonne dans le creux de mon oreille. Ce n'est qu'un rêve, certes, mais il est là, près de moi. Une sensation particulièrement agréable m'envahit, j'ai l'impression que je pourrais rester des heures dans cette position. Je n'ose me retourner de peur de terminer inopinément ce doux songe. Mais, forcément, dans un rêve lorsqu'on ne veut pas faire quelque chose, ce petit diable nous oblige à le faire et je me retourne. Là, c'est le drame ! Je vois mon père qui me jette un regard sombre : *mais pourquoi rêves-tu de lui ? Tu ne le connais même pas, tu ne l'as vu qu'une seule fois et presque aucun mot n'est sorti de ta bouche !* Ce n'est plus un drame mais la pire catastrophe qui puisse m'arriver, rêver de mon père dont le parfum – que je viens tout juste de reconnaître – me pique les narines. Instinctivement – ou par déni perceptible – je quitte ce cauchemar et je vois la tronche de mon chat face à moi. Serait-ce l'odeur fétide de son haleine qui m'a réveillé ? Ce félin va me faire avoir une crise cardiaque un de ces jours…

Une nuit plus qu'agitée m'a empêché de bien me reposer. Je peux déjà sentir les poches sous mes yeux, tout gonflés, j'ai l'impression qu'une araignée a pondu dedans pendant la nuit ! Je fixe le plafond alors que le réveil sonne. La radio habituelle tente d'égayer ce moment que je crois perdu à jamais. J'ai raison, avoir rêvé de mon père m'a perturbé, à moins que ce soit l'envie de cet Inconnu qui m'envahit à tel point qu'il apparaît dans mes nuits ? J'entends miauler à l'autre bout du couloir, ce chat veut ma mort, je suis toujours en position de l'étoile de mer – à croire que je n'ai même pas bougé malgré l'agitation nocturne. Si seulement j'avais pu nourrir mon chat par les ondes… Bluetooth, tu n'en as que le pseudonyme ! Je tente par tous les moyens d'attraper une boîte de pâté pour félin quand je me rends compte que je suis dans la cuisine, mais comment ai-je fait pour m'y rendre ? Je suis tellement perdu dans mes pensées que je n'ai pas fait attention à ce que j'ai pu faire entre la chambre et l'endroit où je me trouve. Le craquement de l'ouvre-boîte et la pâté qui tombe dans la gamelle, quelle horreur, je suis à deux doigts de gerber à cause de l'odeur ! Bluetooth me regarde avec ses gros yeux globuleux : « oui tu peux manger », lui dis-je en fronçant les sourcils.

Après ces aventures dignes de la plus mauvaise série B, je me décide à faire ma toilette matinale et à me préparer. Mais vite ! Le prochain RER qui me permettra d'arriver à l'heure au travail arrive – normalement – dans une dizaine de minutes. Je m'active, ronronne à l'unisson avec mon chat et claque la porte d'entrée. Ni une ni deux, je suis à l'extérieur. L'hiver est arrivé : la neige a recouvert d'une fine couche les trottoirs. Aurais-je dû m'adapter et enfiler mes après-skis ? Bref, je dois aller rapidement à la station de métro mais sans glisser ! À me voir, les passants croient assister à une émission où les obstacles à surmonter ont été remplacés par des routes enneigées et des voitures à deux doigts de perdre le contrôle. En deux temps trois mouvements, je me retrouve sur le quai, il était moins une avant que je ne rate cette rame. Le bip strident de la fermeture et je me faufile parmi les passagers déjà présents. Quelle aubaine, tout comme hier je retrouve une place assise, je fonce droit dessus et m'y assoie. J'ôte mon bonnet le temps du trajet et surtout pour ne pas avoir l'air ridicule. Cet objet qui m'a été offert par mon amie Chris est certes d'une laideur incontestable mais comme c'est un cadeau et qu'il fait froid, tant pis je le garde – j'aurais bien un moment pour me rendre dans un magasin et y trouver mon bonheur.

« Clac, clac. Clac, clac » la rame dévore les kilomètres, les flocons de neige s'agrippent tant bien que mal sur les vitres jusqu'à fondre et devenir de longues traînées d'eau. Ce spectacle hivernal est splendide, je peux admirer impassiblement tous ces gens qui se secouent la tête en entrant dans le RER et ceux qui déploient leur parapluie une fois à l'extérieur. Je jette un œil sur mon smartphone, change de musique et lorsque je lève la tête, nos yeux se croisent et restent harponnés tel un espadon vivace qui se tortille dans un immense océan, attrapé par le plus aguerri des pêcheurs ! Je reste comme pétrifié sur mon siège. Le bruit de la rame et des passagers s'estompe. Un simple bruissement de vent se faufile à travers une fenêtre mal fermée, quelques flocons s'engouffrent et atterrissent sur mon épaule gauche. Plus rien ne compte, ni les gens, ni l'heure qui tourne. Car c'est à ce moment-là que le temps s'est arrêté. Le pas lourd, le cliquetis de ses talons, puis le grincement de ses chaussures de sécurité noires, il s'approche de moi lentement mais sûrement. Sa main rassurée s'empare de son écharpe et la fait voltiger vers l'arrière. Le vent de celle-ci vient lécher la peau de mon visage et faire tournoyer les quelques flocons qui tentent encore leur traversée à travers la foule. Après avoir fait ce geste d'une élégance sans pareille, je la vois qui s'approche de moi puis de mon épaule. Elle fait valdinguer le petit tas de neige en mille éclats. Le regard toujours accroché comme une tique, l'Inconnu commence à parler, ses lèvres remuent de la même façon plusieurs fois. Il secoue sa main puis la porte à sa tête en me faisant signe comme s'il disposait lui aussi de quelque chose à ôter. Je viens tout juste de comprendre que mes écouteurs m'empêchent de l'entendre, je les retire aussitôt. Tout à coup, ses paroles viennent titiller mes oreilles comme une douce musique, une vraie symphonie se joue face à moi. Le spectacle est inouï !

- Salut c'est Ethan, tu te rappelles de moi ? Me lance-t-il de son magnifique sourire.

- Oui… Oui… Bien sûr, le bel… pardon l'inconnu du RER d'hier !

- C'est ça, sourit-il aisément. On ne s'est jamais croisés et là, deux fois en deux jours ! Quelle aubaine !

- Tu parles d'une aubaine, je pourrais pas dire mieux… Tente-je d'extirper de ma gorge nouée.

- Je vais prendre ça pour un compliment.

- Ah oui, tu peux, frémis-je.

- À rencontre inopinée, requête inopinée… Demande-t-il après s'être assis dès lors que la place à côté de moi s'est libérée.

- Une requête ?

- Oui, une belle requête pour un charmant jeune homme, ajoute-t-il sûr de lui.

- Arrête ! Tu vas me faire rougir…

- Non, je le pense, pas toi ? Interroge-t-il dubitatif.

- Oh que oui ! Bien plus que charmant d'ailleurs !

- Je peux te demander comment tu t'appelles ?

- Je ne te l'ai pas dit ? Ou tu t'en souviens plus ? Revendique-je en fronçant les sourcils.

- Non, du tout. Tu es parti en ne disant presque rien, j'ai cru que tu me trouvais moche…

- Toi ? Moche ? Tu plaisantes j'espère ! Lui dis-je sidéré par sa beauté évidente.

- Merci, je t'en retourne le compliment.

- On va éviter le cliché des qualités trop vite exprimées, lui exhorte-je impassiblement.

- Oui, désolé mais ça ne me dit pas comment tu t'appelles.

Je ne le connais pas mais plus rien n'a d'importance. Un film, c'est bien ça, j'ai l'impression d'être l'acteur d'un film. Un court métrage qui se déroule sous mes yeux, comme lorsqu'un téléfilm est diffusé et qu'on ne peut changer le cours de l'histoire. On voit l'acteur principal qui fait ses choix déjà tout tracés par un scénario qui n'a ni queue ni tête – sans jeu de mots – alors qu'on s'égosille devant la TV et lui exhortant de l'embrasser, de le serrer dans ses bras, de faire ce que l'on n'oserait faire dans la réalité. Puis, dans un élan distingué, je reprends :

- C'est vrai… C'est Aaron mon prénom.

- Enchanté Aaron, affirme-t-il en me fixant du regard. Je sais que c'est rapide mais est-ce que ça te dirait de…

- Oui !

- J't'ai même pas encore posé la question, t'es plus rapide que moi alors, ricane-t-il.

- Excuse-moi, c'est l'émotion, essaye-je d'expliquer maladroitement.

- Donc, je voulais te demander même si t'as approuvé rapidement, ça te dirait qu'on aille boire un verre ? Je finis assez tard mais en revenant dans le centre de Paname ça pourrait le faire.

- Ah mais carrément ! Avoue-je sur l'instant. Je finis généralement vers 19 heures.

- Parfait, on a un gros chantier à faire à l'Ouest de Paris, donc le temps que finisse et que je sois prêt pour venir ça devrait le faire.

- Viens comme tu es ! Enfin, je veux dire, ne t'inquiète pas pour ta tenue… Tente-je d'exprimer en rougissant.

- Parfait, on se retrouve à Châtelet-les-Halles pour 19h30 ?

- Ok pour moi.

La rame entame alors son arrête brusque et le beau Ethan en profite pour s'enfuir tout en me laissant le doux plaisir de son regard si saisissant. Je reste scotché sur mon siège alors que la voix du chauffeur raisonne à travers les haut-parleurs, m'incitant à déguerpir rapidement du train.

La journée peut enfin commencer, je marche d'un pas lent vers la sortie, son visage imprégné dans ma rétine telle une photo animée – comme dans cette saga où le jeune sorcier s'empare d'un journal et tout semble vivant. Sa voix fait papilloter mes tympans telle une musique jouée par un orchestre symphonique. Plus rien autour de moi n'a d'importance, même pas l'heure qui, pourtant, défile à toute vitesse. J'entre dans le bâtiment et Babeth, l'une des standardistes, me sourit et scande mon prénom. Sans retour de ma part, elle s'étonne, perd son émotion puis s'en retourne à ses affaires. La porte de l'ascenseur s'ouvre, le flot d'humains s'entrelace jusqu'à ce que moi aussi je pénètre dans ce petit carré de 2 mètres sur 2. Il monte, les étages défilent puis le « *ding* » retentit et j'aperçois l'open-space aux trois-quarts remplis qui, comme pour m'indiquer un éventuel retard, me fixe. À moins que ce soit mon visage qui exprime un esprit totalement ailleurs. J'entrevois mon manager qui me fait des gestes et pose sa main sur son poignet afin de me signaler que sa montre est soit cassée, soit absente, ou bien que mon retard ait été remarqué ! Je tente de lui expliquer la cause du délai responsable de mon arrivée après l'heure officielle de début de vacation. Mais, comme d'habitude, il ne veut rien entendre et me conseille vivement de me rendre à ma place. Je sens que, malgré mon enthousiasme amoindri par cet événement, la journée va être longue.

Chapitre Trois

18h58.   Comme je le présentais, cette journée a été interminable. Il paraît que l'attente aiguise les passions, à ce niveau-là je suis affuté tel un couteau en céramique ! Se frotter à moi viendrait à se faire découper en morceau instantanément. Je ne sais pas si c'est la chaleur de la pièce due à la climatisation réversible – ou bien moi-même – mais l'ordinateur chauffe tellement que je dois interrompre ma session rapidement. Vue l'heure, je me dis que je vais pouvoir enfin éteindre tout l'attirail et m'en aller. Ce n'est qu'utopie ! Mon manager, qui s'amuse à faire des heures sup' aujourd'hui comme pour m'agacer, vient à ma hauteur. Je vois dans ses yeux jubilatoires à la fois un mécontentement mais aussi une certaine satisfaction, comme pour me faire payer mon retard du matin. D'un geste lourd mais franc, il dépose une pile de dossiers sur mon bureau, ne dit aucun mot et s'en retourne vers la sortie. J'ai la tour de Pise face à moi, mais qu'ai-je fait pour mériter ce monticule de papiers dont le code devient subitement incompréhensible. Ça y est, mon cerveau s'est déconnecté.

19h01. Mon manager s'en est allé. Lui, a un besoin pressant de rentrer à son domicile. Moi non ? Me demande-je. Certes non, mais la vie du bel inconnu m'intéresse au plus haut point. Je me dois donc de ne pas être en retard ou il va croire que je ne suis pas intéressé et je vais ainsi perdre toute chance de le revoir. Plus personne n'est présent sur le plateau mis à part le personnel de nettoyage. La pile de dossiers attendra jusqu'à demain, ce n'est sûrement pas ce soir que je vais pouvoir rester.

Je plis mes affaires et me précipite vers l'ascenseur, celui-ci se referme tout juste après que je me sois faufilé à l'intérieur. J'appuie sur le bouton du rez-de-chaussée. Mon cœur se met à palpiter, j'ai les mains moites et une envie irrépressible d'envoyer ma tête dans les WC ! Cette rencontre me bouleverse tellement, moi qui ai toujours su gérer les impondérables, les événements inopinés, les cas d'urgence. Là, je ne sais plus quoi faire, quoi dire, quoi penser. Comment un être humain peut arriver à me chambouler au point de ne plus rien maîtriser.

Peu importe dans quel état je me trouve, je dois reprendre mes esprits et filer dans Paris Centre. Je quitte l'ascenseur, marche et salue l'agent de sécurité – qui, au passage doit être nouveau, sa belle bouille ne me dit rien, il est plutôt sexy je dois l'avouer ! Je m'extirpe du bâtiment de verre et m'affaire vers le terminus du RER A. Comme d'habitude, le quai est pratiquement vide, la plupart des employés ne sont plus là, à part la bonne vieille cruche que je suis qui termine toujours ses dossiers à la dernière minute.

19h06. Une fois installé dans la rame – ce ne sont pas les places qui manquent – j'utilise mon smartphone pour regarder mon reflet et lancer les investigations :

suis-je présentable ? Ou dois-je perdre 1h30 à revenir chez moi et rater mon rendez-vous ? Ma tête actuelle fera bien l'affaire. Encore deux stations et quelques minutes avant d'atteindre la station « Châtelet-les-Halles ». À la vitesse à laquelle bat mon cœur, je pense qu'on pourrait l'utiliser pour alimenter la capitale en énergie ! Les minutes paraissent des heures. Une terrible impression de ralenti s'offre à moi, le paysage défile de plus en plus lentement, je commence à me liquéfier sur mon siège. Le temps s'est arrête, c'est maintenant une certitude. Le dieu du temps se joue de ma patience et s'obstine à rejouer cet instant encore et toujours.

19h24. Une station me sépare de cet enfer temporel dans lequel je me suis engouffré en entrant dans cette rame de RER. J'aperçois au loin une petite mamie qui me regarde, étrangement je ne me sens pas épié, peut-être qu'elle aussi a un rencard avec un inconnu, peut-être qu'elle aussi va passer pour une cruche en n'arrivant pas à aligner plus de deux mots. Elle me regarde puis sourit. Vais-je avoir deux rendez-vous dans la même journée ? Sûrement pas ! Cette petite mamie me fait penser à ma grand-mère, je n'aurais à cet instant qu'une seule envie : la serrer fort dans mes bras et lui dire à quel point elle me manque, mais cette dame d'un certain âge me regarde ainsi avec ses gros yeux bleus, son écharpe en laine rouge dix fois trop grande et son manteau marron qui doit être aussi vieux que moi. Mon regard ne peut que lui envoyer un sourire qu'elle me rend aussitôt. La paume de sa main fermement posée sur sa canne noire luisante, les mouvements de la rame la font danser comme sur un air d'un vieux 33 tours. Après quelques secondes captivantes, la vieille dame tourne la tête et perd son sourire puis ferme les yeux et se laisse bercer par le bringuebalement du RER. Je retourne enfin à mes pensées, l'espace d'un instant j'ai pu me libérer de l'emprise du dieu du temps, mais c'était bref. Bien trop bref.

19h30.   « Châtelet-les-Halles. Châtelet-les-Halles. » Entends-je depuis le haut-parleur grésillant du train. Je me lève, mets un pied devant l'autre, arrive tout juste à sortir avant que les portes automatiques ne se referment et regarde à droite, puis à gauche. Dois-je continuer et m'aventurer à l'extérieur ? L'inconnu sera-t-il là, au rendez-vous, comme prévu ? Aura-t-il un retard qui me laissera penser à annulation de sa part ? Des questions qui restent en suspens tant que je n'aurai pas franchi les multiples couloirs de cette station presque aussi grande qu'une petite ville ! Il me faut déjà m'évader de ce lieu labyrinthique sans, bien sûr, me perdre. Dans ce cas, ce sera moi qui aurai un retard. Je ne peux pas me le permettre, cet inconnu hante mes pensées les plus intimes depuis maintenant plusieurs jours. Depuis que j'ai entendu sa voix, elle raisonne dans ma tête, il ne manque plus qu'une musique pour en faire une chanson qu'on écoute en boucle, jusqu'à ce qu'on s'en lasse. Mais comment devenir las d'une mélodie qu'on rêve d'entendre jour après jour, mois après mois ?

19h34. Le panneau « Sortie » apparaît devant moi. Je peux apercevoir les lueurs des réverbères à l'extérieur et le flot de passants qui augmente au fur et à mesure que j'atteins les dernières marches. Mon cœur bat si fort, je me demande si le sien a le même rythme mais ce bel inconnu ne doit pas se douter qu'il fait partie de mes pensées intimes, qu'il a été l'acteur de mon film lorsque j'étais en train de flâner au pied de la Tour Eiffel ! Je marche, encore et encore, jusqu'à ce que je me retrouve devant le parvis de l'Hôtel de Ville du 4ᵉ arrondissement. Mes yeux vont dans tous les sens, à droite, à gauche, encore à droite puis lorsque ma tête tourne, ses yeux rencontrent les miens. Malgré la foule, malgré un nombre incalculable de paires d'yeux, je tombe nez à nez avec ce regard si intriguant. Nous nous avançons pas à pas, il arrive à ma hauteur et s'approche de moi afin de me saluer d'une petite bise sur la joue. Je crois voir toute l'Industrie et la grosse machinerie des usines, un homme fier, bien apprêté car il a pris le temps de se changer avant de venir. Une veste marron clair à l'intérieur emmitouflé, un jeans bleu et des chaussures montantes marrons. Je vois qu'il a du goût !

Je crois être en train de rêver. Il est si beau que, sans pouvoir me contrôler, je me mets à le fixer. Il en devient mal à l'aise, tout comme moi, et regarde le sol puis les alentours :

- Est-ce que ça te dit qu'on marche, si tu as une idée d'où tu veux aller ? Me demande-t-il.

- Oui, avec plaisir, on sera mieux au chaud... Enfin, je veux dire dans un bar ou un resto ! Lui réponds-je gêné qu'il puisse penser que je suis un garçon facile - bon, certes, avec un canon pareil je pense que je pourrais perdre tout principe moral…

- Je connais un petit resto italien, à deux ou trois rues d'ici, ça nous laissera le temps de discuter un peu.

- Je te suis !

Nous marchons, l'un à côté de l'autre, aussi timide l'un que l'autre. Il entame la discussion :

- Vu ton accent, je doute que tu sois parisien…

- Il s'entend tant que ça ?

- Pour un gars comme moi, oui. Me rétorque-t-il avec un petit sourire en coin de bouche. Mais c'est sexy et ça change de notre accent un peu pincé !

- Il n'est pas pincé, sauf quand vous demandez un « jombon beuuurre » lui dis-je avec ironie.

- Genre on parle comme ça ? S'esclaffe-t-il la main sur le ventre.

Je me rends compte que même son rire est à tomber, c'est un réel plaisir de fouler le pas en sa présence, tant attendue. À peine les rues dévalées que nous arrivons devant ce fameux restaurant dont il semble friand après m'avoir vanté les mérites d'une cuisine digne du « pays des pâtes ». Il ouvre l'une des portes et me laisse entrer, j'ai l'impression d'être une Lady – bien que j'aie horreur que l'on parle de moi au féminin. Les lieux me rappellent un petit bouiboui que j'ai connu lorsque j'habitais la Côte d'Azur, typique de la région, avec des couleurs saumon et jaune, je me croirais retourné chez moi en un claquement de doigts. Le serveur nous accueille avec un léger accent « Ciao bello, come stai ? » et nous invite à nous assoir à l'une des tables déjà prêtes.

- Ça y est, je suis en Italie ! Exprime-je avec enthousiasme.

- Et attends d'avoir goûté leurs plats, un pur régal ! M'avoue-t-il en penchant la tête, comme pour examiner mes expressions.

- J'ai déjà hâte…

L'on nous apporte alors les menus, tantôt je regarde les lignes dont je ne prête guère attention, tantôt je me plonge dans ce regard de braise, au point de m'y brûler langoureusement. Sans même le savoir, ou en ignorant de faire exprès, c'est un vrai charmeur. Mais je constate après quelques minutes passées caché derrière la carte, qu'il jette tout comme moi un ou deux regards en ma direction – à moins que ce ne soit pour faire un signe au serveur afin d'écourter la soirée ! Jusqu'au moment où mes yeux croisent les siens, je suis dorénavant démasqué et je me mets à glousser :

- Qu'est-ce qu'il t'arrive ? Me demande-t-il.
- Heu… Non rien… Tente-je d'exprimer dans une gêne presque palpable.
- Alors, tu prends quoi ? Un plat, un menu, autre chose ?

La question à ne pas poser : « autre chose », si je n'étais pas dans ce restaurant bondé, je lui aurais déjà sauté dessus…

- La question est compliquée, je vais éviter de faire mon glouton !
- Ne te dérange pas, fais-toi plaisir. Me répond-il.

Le serveur s'empresse de prendre note de nos choix sur un petit calepin noir avec des traits blancs. Ce monticule de papiers à la forme rectangulaire, dont le nom est gravé sur la tranche, a dû en voir quelques-unes de commandes. Tout comme le serveur lui-même, bien que très aimable avec son accent italien, n'est plus tout jeune. Il doit être à sa « dix millièmes » voire « cent millièmes » commande. La nôtre ne fera qu'incrémenter un score très honorable.

Vient le moment où l'on doit se décider. Je comprends de par son regard attendrissant qu'il me laisse commander le premier. Je prends alors l'initiative d'ouvrir la bouche :

- Je vais prendre…

C'est alors, qu'à l'unisson, ma voix s'entremêle à la sienne. Un charivari instantané. Le serveur me regarde puis regarde Ethan et me regarde à nouveau.

Je fixe Ethan et nous nous mettons à rire.
Le serveur, avec son accent prononcé :

- Si vous n'êtes pas décidés, je me ferai un plaisir de repasser.

- Non, non ! M'exclame-je soudainement. Je prendrai une « chèvre miel » avec un supplément miel.

- Il n'y a pas de supplément monsieur, la garniture est faite par notre cuisto.

- Dans ce cas, dites-lui de vider le pot, ajoute-je.

Je doute, sur l'instant, que ma blague ait plu à notre serveur. Mais peu importe, il fera avec ma commande bien spéciale. Je n'y peux rien, j'aime les pizzas au chèvre mais surtout au miel !

Ethan, à son tour, demande une pizza mais son choix se porte sur la campagnarde. Un mélange de champignons frais, de mozzarella, ses épices, la succulente tomate mais sans oublier l'origan, le thym et la bonne pâte à pizza croustillante. Rien que d'y penser, j'en ai l'eau à la bouche. Avec ça, je prends de mon côté un soda – c'est mon péché mignon. Ethan, bizarrement, prend la même chose. Un signe ?

Le serveur finit de noter, s'en va prestement puis revient à notre table :

- Foccacia du jour, bonne dégustation messieurs.

Puis il se retire à nouveau pour laisser place à cet apéritif dès plus merveilleux.

- Oh ! Dis-je, j'adore la foccacia ! Les italiens sont forts pour les apéros.

- Tu vois, je savais que tu aimerais ce resto.

- Excellent choix, je confirme ! Finis-je.

Quelques minutes s'écoulent avant que ne viennent les pizzas, que le serveur dépose délicatement devant nous. Dès lors, l'odeur emplit mes narines. Un savoureux mélange de chèvre, de sauce tomate et de pâte finement cuite. Les contours croustillent à souhait. Ethan et moi nous regardons :

- Bon appétit mon beau, dit-il de sa voix suave.

S'il continue de la sorte, ce n'est pas pour la pizza que je vais baver ! Je reprends mes esprits et savoure ce plat digne des meilleurs pizzaiolos italiens.

Nous échangeons sur notre vie, moi sur mon enfance, ma vie dans le Sud, les raisons pour lesquelles je suis monté à la capitale. Lui, sur sa paisible en Bretagne, où il a grandi avec ses parents. Également les raisons pour lesquelles il est venu à Paris. Je constate alors que nous avons suivi un chemin quelque peu similaire.

Il m'explique que plusieurs années auparavant, il vivait avec une femme près de Carnac, avec laquelle il projetait un futur bien différent d'aujourd'hui. Il savait, au fond de lui, que quelque chose ne tournait pas rond. Depuis son enfance, il a vécu dans un « moule » catholique, l'obligation de se marier, de fonder une famille, « un papa et une maman ».

Puis, sur un coup de tête, il a tout quitté. Sa famille a compris qu'il devait voir autre chose que des bretonnes. Pour faciliter sa venue à la capitale, dont son secteur est plus porteur, il a candidaté et a été accepté chez « Métal Power », une entreprise au chiffre d'affaires colossal.

Nous continuons de discuter. Les heures passent. Les derniers clients s'extirpent du restaurant. Ethan regarde autour de lui :

- Je crois qu'on est les derniers…
- Ah ! A priori oui, remarque-je également.
- On va y aller.

Nous payons l'addition puis quittons ce fabuleux endroit, autant par les plats que par la décoration, très… sudiste. Tel un vrai gentleman, il me raccompagne à mon RER. Nous nous regardons, posés devant l'entrée. Plus personne ne passe, il est relativement tard et il fait très froid. Je le regarde et me demande s'il va oser s'avancer vers moi – je n'ai jamais été fort en matière de premier pas. Mais la soirée s'achève sur ses yeux tellement irrésistibles :

- Je vais y aller, j'ai beaucoup à faire demain, me dit-il.
- Pareil. J'ai passé une très bonne soirée en ta compagnie.

-    Moi aussi, j'ai bien fait de venir te voir, finit-il en s'éloignant.

« Ne pars pas » pense-je dans ma tête. J'aurais aimé que ce moment ne se termine jamais. Les premiers instants d'une rencontre inoubliable. Sa peau contre la mienne lorsqu'il m'a dit au revoir. Son parfum enivrant, que je pourrais reconnaître entre mille. Son allure si masculine. Je dois me ressaisir avant que la dernière rame ne quitte la station et que je doive marcher dans ce froid glacial. La suite au prochain épisode !

Chapitre Quatre

1h38. Les flocons de neige tombent par-delà la fenêtre de mon salon, qui donne sur la rue des Immeubles Industriels. Pas un bruit à l'extérieur. Même pas celui d'une voiture qui se serait engouffré dans cet hiver tenace. Qui pourrait vouloir braver le vent et la neige ? Peut-être un inconnu qui connait mon adresse… Non ! Je dois éviter de penser à ça.

Je file sous la douche, un peu d'eau chaude me fera du bien avant d'aller me coucher, je dois penser à autre chose. Mais comment penser à autre chose alors que je viens de vivre un moment unique, avec un homme unique ? Un lavage express me permettra d'avoir une réponse claire. Je me déshabille, prend mon gel douche senteur noix de coco – mon préféré depuis mon enfance, j'y ai fait tellement de chose avec ce gel douche... Et voilà, il m'en fallait peu. Je repense à cet inconnu, pardon, à Ethan. Je ne peux m'empêcher de l'imaginer près de moi, son corps luisant faisant ressortir ses muscles. Son odeur corporelle éveille mes sens les uns après les autres. Le dur labeur l'a rendu rustre, fort, un vrai roc. J'ai face à moi une montagne de testostérone, un bel étalon qui passe ses doigts dans mes cheveux puis redescend le long de mon dos, pour terminer à un endroit bien précis. Mon rythme cardiaque s'accélère. Mon corps est si chaud que l'eau pourrait s'en évaporer et ne laisser qu'une peau sèche et rougeâtre. L'odeur de la noix de coco est de plus en plus intense. Je sens au fond de moi quelque chose qui monte. Il ne faut pas plus de temps pour le dire que son visage apparaît dans mes pensées les plus intimes, et obscènes. Ni une, ni deux, j'explose d'exaltation instantanément. Un pur moment de plaisir que j'aurais tellement aimé passer en sa compagnie. Mais il me faut maintenant me nettoyer et quitter ce lieu souillé ! L'heure tourne, je m'empresse d'aller rejoindre Morphée qui saura, lui, me réconforter.

*   *
*

9h00. Telle une horloge, mes yeux s'ouvrent soudainement. Mais quelle heure est-il ? Vais-je être en retard ? Si je suis en retard, mon employeur va gentiment me signifier mon licenciement ! Ouf, nous sommes dimanche, le palpitant est là mais je repose lentement ma tête sur le coussin bien moelleux. Mes yeux se referment et mon esprit tente de repasser cette soirée avec Ethan, mon inconnu brun, au mètre quatre-vingt, dont les muscles saillants étaient à deux doigts d'exploser son pull de couleur bleue.

Mais quel fantasme cet homme ! Je me pince. Aïe ! En fait, non, je ne rêve pas. J'ai bien rencontré celui qui a hanté plusieurs de mes nuits. Je peux enfin mettre un visage et un nom. Qui aurait cru que je rencontrerais une telle personne, aussi altruiste et sympathique, dans un RER. En plein Paris. Personne, ni même moi.

À peine ai-je émergé que mon smartphone se met à vibrer. « Qui est-ce encore ? » exprime-je avec la plus grande nonchalance. Mes yeux se posent sur mon téléphone et n'en reviennent pas de ce qui apparaît ! Un message d'Ethan, oui, Ethan. Il est bref mais me remplit déjà de joie. « Hello beau gosse, bien dormi ? ». Alors, oui, j'ai bien dormi et n'ai fait que penser à lui. Est-ce que je le lui dis ? Humm non ! Je vais éviter l'air mielleux et niais, ça m'a déjà desservi. Je reste sobre et aussi bref. « Salut Ethan, bien et toi ? ». Après mûre réflexion, je suis peut-être un peu trop bref… Je corrige mon message avant de l'envoyer « Salut mon beau, j'ai bien dormi après cette super soirée ». Trop enjoué ? Peu importe, je l'envoie aussitôt.

Les minutes passent et plus de réponse. Je commence à m'inquiéter, j'ai sûrement été trop mielleux… Tout à coup, mon téléphone vibre à nouveau. Je me jette dessus tel un guépard sur sa pauvre proie inoffensive. Je regarde l'écran et ne vois pas le prénom d'Ethan mais celui de Chris, ma meilleure amie. Elle me demande si je veux profiter du temps qui s'est éclaircit pour faire un tour. J'hésite. Si Ethan me proposait la même chose ? Au pire, j'inventerai un prétexte pour me défiler de Chris… Je lui confirme mon départ et m'habille ni une ni deux.

J'arpente les ruelles et les avenues parisiennes. J'adore le bruit de mes pas sur la neige fraîchement tombée. Mais à quand le printemps ? Je trouve cet hiver long et humide. Après trois quart d'heure de marche, je me retrouve devant le parvis de l'Hôtel de Ville du IVème. Forcément toujours à l'heure, Chris se hâte pour me sauter dessus et me prendre dans ses longs bras, me regarder droit dans les yeux pour enfin me demander :

- Toi, tu as fait quelque chose hier, je me trompe ?

- Décidément… Tu as embauché quelqu'un ? Un agent secret ?

- Ah ! Je savais que t'allais craquer…

- Si tu savais comment il est beau, séduisant et d'une gentillesse me confie-je. Une vraie bombe !

- On va aller boire un chocolat chaud, j'ai pas encore petit déjeuné, comme ça tu me raconteras tout dans les moindre détails.

- Peut-être pas tout non plus mais ok pour le chocolat chaud, je suis mort de faim.

Nous nous empressons de traverser la rue de Rivoli puis de nous engouffrer dans les petites rues du Marais. À notre habitude, nous atteignons notre café préféré « *Le 4* ». Je me suis toujours demandé pourquoi ils l'avaient appelé de cette façon. Peut-être étaient-ils quatre potes qui ont décidé d'ouvrir un bar. Ou alors, des adeptes du pluri amour ? Ou tout simplement parce qu'il se situe dans le IVème arrondissement ? Il vaut mieux garder le mystère, c'est ce qui fait le charme de cet endroit.

Chris me demande tous les détails, mais en détail. Me connaissant, je suis loin de vouloir exhiber ma vie sentimentale voire sexuelle dans un lieu public. Mais je lui fais tout de même part de mon attirance toute particulière pour les hommes qui travaillent avec leurs mains – je parle bien sûr du travail manuel, de ceux qui transpirent pour gagner leur croûte, bien que l'idée de savoir bien utiliser ses mains me traverse quand même l'esprit.

Nous débattons des heures durant sur divers sujets comme : être gay est-il forcément synonyme d'efférmination ? De ce fait, être un homme viril qui travaille dans une société du bâtiment est-il logiquement incompatible avec un amour sincère et public ? Doit-on continuer à se cacher pour aimer et être aimé ?

Nous nous efforçons d'être objectifs mais étant dans ce milieu, nous savons très bien Chris et moi que nous aurons toujours à prêcher pour notre vérité et dire que ce sont les autres qui ont tort ! Au diable les préjugés, du moment que mon Ethan me rappelle, c'est tout ce qui m'importe.

Il n'en faut peu pour que je reçoive dans l'instant un appel, et cet appel provient bien sûr du bellâtre qui prend en otage toutes mes pensées…

J'indique à Chris de se taire quelques instants, mais celle-ci n'en fait qu'à sa tête « Mais qui c'est ? C'est lui ? Ton crush ? » me harcelle-t-elle alors que je quitte le bar.

- Salut Aaron, tu vas bien ? J'espère que j'te dérange pas ?

- Hey salut Ethan, alors oui et non…

- Oui et non ?

- Oui je vais bien et non tu ne me déranges pas, exprime-je en esquissant un petit sourire. Je suis avec une amie, on petit déjeune.

- À cette heure-ci ?

- Je me suis levé tard, confirme-je timidement, j'ai rejoint mon amie et on discute depuis un moment en grignotant.

- Je ne te dérange pas plus alors.

- Arrête, t'es loin de me déranger beau gosse !

- Dans ce cas, ajoute-t-il, ça te dirait de passer l'après-midi ensemble ? Si bien sûr tu n'as rien d'autre de prévu ou si tu veux rester avec ton amie…

- Oui je suis dispo ! Exulte-je instantanément alors qu'il n'a pas le temps de finir sa phrase.

- Parfait, ça te dirait de se retrouver devant la Tour Eiffel ?

- Au niveau du Champ de Mars ?

- C'est ce que j'allais te proposer, super on se retrouve là-bas pour 14h ?

- Ok pour moi, finis-je en serrant le poing, signe ostentatoire de ma joie.

À peine avons-nous fini par raccrocher que Chris se jette littéralement devant moi pour me demander ce dont nous avons parlé. Je lui signifie alors que nous allons devoir mettre un terme à notre petit déjeuner tardif car j'ai un second rencard avec le plus beau mec de Paris !

Ni une ni deux, je plie bagage et me presse d'aller en direction de la Tour Eiffel, même s'il n'est que 13h, je préfère arriver en avance, sait-on jamais. Dans l'excitation, je donne un baiser à Chris puis me hâte vers la bouche de métro la plus proche.

*   *
*

13h40. Les rayons de soleil me réchauffent le visage. Le ciel se dégage petit à petit pour laisser place à un temps printanier mais timide. Je marche en zigzagant parmi la foule qui se presse pour visiter la Dame de Fer. Toujours sur ses quatre pattes, elle a dû en voir des choses à cette hauteur. La neige qui fond rapidement laisse place à des amas de boue et les quelques flaques çà et là ne perturbent en rien mon enthousiasme.

Rien que l'idée de revoir ce beau jeune homme me remplit de joie. Va-t-il être au rendez-vous ? Va-t-il trouver un prétexte pour ne pas venir comme une séance inopinée d'aqua poney ? Va-t-il se rendre compte en me revoyant qu'il s'est trompé à mon sujet – tout comme lorsque les lumières d'une boîte de nuit jaillissent pour laisser place au vrai visage des gens, qu'on croyait pour certains fabuleux mais pour lesquels ont déchante très rapidement !

Je fais quelques pas. Je tourne en rond, dirait-on. Je regarde à droite, puis à gauche et enfin au sol. Je lève la tête et le vois arriver, au loin. Comment pourrait-il passer inaperçu avec ces yeux reconnaissables entre mille. La foule s'écarte, comme pour le laisser passer. Serais-je en train de tomber amoureux, au premier regard ? Si tel était le cas, il ne m'en faudrait peu pour lui demander sa main. Mais n'allons pas trop vite en besogne. Il arrive à ma hauteur, le bel étalon au regard de braise. Je n'ose trop le dévisager de peur qu'il fuit, tout juste arrivé face à moi. Mais l'envie est bien plus grande, je ne peux y résister. Comme un accroc à la cocaïne qui se retrouverait nez à nez avec un de la neige tout autour de lui...

Chapitre Cinq

14h05. Mes yeux se noient dans cet océan de beauté, je pourrais y plonger en toute insouciance, à longueur de journée. Un léger vent froid vient se glisser entre ses paupières, laissant s'échapper une fine larme. Le reflet du soleil d'hiver accentue mon plongeon. La douce musique d'un violoniste au loin rend ce moment imperturbable. Je peux entendre dans un coin de ma tête le charivari des marteaux contre le fer et imagine cet apollon dans sa tenue de travail, la sueur des efforts coule le long de son front. La brise vient faire danser ses quelques cheveux tombants. Nous parlons de la pluie et du beau temps, sa voix légèrement grave sonne dans mes oreilles comme une douce musique. Le travail du métal ne fait plus qu'un avec cet homme, forgé par les années de dur labeur. J'admire les moindres traits de son visage, de son cou, de son torse a moitié dissimulé sous sa veste. Je me vois enveloppé dans sa masse, comme un protecteur paré à toute épreuve.

Le temps file, nous n'avons fait que quelques pas, juste assez pour s'assoir sur un banc face à la Dame de Fer, dont l'armature laisse s'échapper quelques rayons de soleil. Ceux-ci caressent sa peau langoureusement. De petits scintillements illuminent son regard, toujours dirigé en ma direction. Je suis figé, scotché par la puissance de sa présence. Même les aiguilles de la grande horloge ne sauraient interrompre ce moment d'une douceur délectable.

« Bah alors les p'tits PD ! On fait quoi là ! »

Ces mots brisent en un instant la douceur de notre échange. Un silence s'en suit. Plus personne ne bouge aux alentours de peur d'accentuer la fragilité du moment. Ethan se tourne vers celui qui a osé prononcer ces mots et se lève tout à coup. Je lui demande de ne pas prêter attention à la scène mais son nouveau regard vient confirmer l'action qu'il va entreprendre. D'un revers de la main gauche, sans aucune somation, Ethan percute le visage de l'annonceur. Une deuxième crapule s'interpose et gifle violemment celui qui est entré récemment dans ma vie. Je me lève mais quelque chose ne va pas. Je regarde Ethan tandis qu'une douleur s'insinue dans ma nuque puis une deuxième dans mon dos. Je n'ai pas le temps de me retourner que mes jambes fléchissent, je m'écroule alors face contre terre, un tas de neige amortit ma chute. Aussitôt, plus rien. Le noir total. Le troisième, apparu soudainement derrière moi, m'a assené le coup fatal.

*   *

*

J'ouvre les yeux mais ce n'est plus la neige que je sens. Bien au contraire, la chaleur d'un lit s'impose. Je tente, tant bien que mal, de tourner ma tête mais c'est impossible. Ma vision reste trouble alors que j'aperçois le regard perçant d'Ethan, proche de moi, assis sur une chaise de fortune.

- Qu'est-ce qu'il s'est passé ? Demande-je, délicatement.

- Tu as reçu plusieurs coups dont un dans la nuque, mon beau.

- Et toi ? Ça va ?

- C'est toi qui es cloué dans un lit et tu me demandes si je vais bien ? Assure-t-il.

- J'ai eu peur que ça soit pire !

- Pire que d'être dans un lit d'hôpital ?

- Ah ! On n'est pas chez toi ? Dis-je, sourire aux lèvres et douleur dans le dos.

- Arrête tes bêtises, tu ne dois pas bouger, c'est le *médecin* qui l'a dit.

- Le médecin ? Si on est à l'hôpital, comment t'as pu rester ici ?

- J'ai feinté ! J'ai juste dit que j'étais ton frère, ajoute-t-il.

- Mon frère ? On a le droit de vouloir coucher avec son frère ?

S'en suivent des éclats de rire mais ceux-ci me rappellent que la douleur n'est jamais très loin. Ethan doit me laisser et se dirige vers la porte de sortie de la chambre, la plainte doit être déposée au plus tôt. Cet acte odieux me laisse perplexe. Comment ces voyous pouvaient-ils affirmer que nous étions en train de flirter ? Cette question soudaine entrouvre un champ des possibles. Hormis le regard insistant, la douceur des paroles, rien n'aurait pu prétendre que nous souhaitions nous embrasser langoureusement, même pas une main mal placée. Et quand bien même ! Il n'est plus possible d'exprimer ses envies, son amour ?

Les jours passent, les gens défilent mais seul Ethan reste à mes côtés et a même posé un jour de congés. Un geste qui me remplit de joie. Nous n'avons échangé réellement que deux fois mais j'ai l'impression de le connaître depuis des lustres. Je le regarde, il me regarde. Je sens soudainement sa main qui se pose sur la mienne. Une légère hésitation mais je confirme le geste en entrelaçant mes doigts dans les siens. Mon cœur se met à battre de plus en plus vite. Je peux également sentir les pulsations à travers mes doigts. Une envie irrésistible de nous embrasser s'empare de nous. Ethan se lève de sa chaise, afin de mettre des actes sur des mots. Son visage s'approche lentement du mien, son poing se serre davantage, je peux déjà sentir la chaleur de son corps si près de moi. « *Toc toc toc !* » puis la porte s'ouvre. Sa bouche effleure mon visage puis glisse vers l'extérieur du lit et nos mains se délient alors. Le médecin fait irruption, une multitude de carnets en main. On pourrait penser que les traits d'un vieil homme, enlaidi par les années à soigner la patientèle, cheveux grisonnants aurait passé le pas de la porte. Mais il n'en est rien. Un homme, la quarantaine, coupe moderne et yeux bleus aussi lumineux qu'un topaze, les muscles prêts à déchirer sa tenue. Le reste est de mise, son pantalon laisse entrevoir des cuisses dignes d'un cheval de course et un fessier goulument rebondi.

Je jette un œil en direction d'Ethan et peux apercevoir sa main gauche se crisper. Les sourcils légèrement froncés et le menton de plus en plus bas mais toujours en direction du médecin.

- Vous pourrez sortir d'ici demain, confirme-t-il de sa voix douce.

- Ah ! Enfin ! Exprime Ethan dans un élan de satisfaction plus que palpable.

Le médecin le regarde puis porte à nouveau son regard sur moi et enchaîne.

- Je vais vous prescrire quelques médicaments pour résorber la douleur, au besoin, mais vous avez échappé au pire.

- Merci de dire ça de cette façon ! Ajoute Ethan, prêt à bondir sur le praticien et lui arracher ses beaux yeux de mâle dominant.

- Tout va bien monsieur et tout va aller encore mieux quand Aaron aura quitté l'hôpital, je peux vous le garantir.

Je remercie le médecin pour son intervention et pose la prescription médicale sur la table de lit près de moi. Juste avant de quitter la pièce, le docteur se tourne et, en me fixant dans les yeux, dit « Vous êtes entre de bonnes mains, je ne m'en fais pas ». Puis la porte se claque avant de laisser un silence.

- C'était quoi ça ? Demande-je.

- De quoi ?

- C'est juste un médecin ! Il a surveillé mes constantes et comme il l'a dit, je sors demain.

- Dans ce cas, je reste avec toi ce soir.

- Tout va bien, tu vas pas dormir ici sur la chaise.

- Ils ont des lits d'appoint, je vais en demander un de suite, certifie Ethan en se dirigeant vers la porte.

- Comme tu veux.

- T'as vu le canon ! Pas moyen que je te laisse avec lui !

- Je ne suis pas avec lui, d'une, et de deux j'ai déjà trouvé celui que j'attends depuis si longtemps.

Ses yeux s'écarquillent, Ethan sent son enthousiasme l'envahir. Il me sourit puis quitte la pièce en quête d'un lit d'appoint. Je sais que je vais pouvoir dormir sur mes deux oreilles.

* *

*

J'ai enfin quitté l'hôpital, mon précédent lieu de convalescence à la suite de cet acte de barbarie. Je garde tout de même en mémoire que, malgré mon look *hétéro* et celui d'Ethan, rien n'est acquis. Qui aurait pu penser, à notre époque, que des jeunes gens à l'allure peu convenable auraient perpétré de tels agissements ?

Chapitre Six

Cela fait déjà plusieurs semaines que nous nous fréquentons avec Ethan. Des diners, des sorties, quelques balades. Nous avons presque parcouru tout Paris, de quoi faire exploser le compteur mon podomètre. De jour comme de nuit, nous avons également exploré nos excitations sexuelles. Après nos doigts, ce sont nos corps qui se sont entremêlés. Nous avons parcouru quasiment chaque centimètre carré de peau. Celle d'Ethan est parfaite, identique à ce que j'ai pu m'imaginer en le voyant. L'un de ses tatouages se situe sur l'aine droit et représente un dragon en style géométrique, tiré d'une série que nous avons en amour tous les deux, se fondant dans quelques dessins de fumées. Harmonieux et tellement bien situé, cet ouvrage vient subtilement agrémenter la perfection de son corps. L'autre tatouage étant bien visible sur son bras droit. J'en rougis rien que d'y penser.

À notre habitude, Ethan et moi nous rejoignons au café « Le 4 », lieu devenu notre nouveau QG. Après un verre bien dosé, je regarde mon apollon et lui demande :

- Tu te souviens à l'hôpital.

- Quoi à l'hôpital ?

- Quand le « fameux » médecin est entré dans la chambre, dis-je avec certaines précautions.

- Oui, et ?

- J'ai pu lire dans ton regard une certaine jalousie.

- En effet… Atteste Ethan en fixant son verre.

- Je trouve ça mignon mais je dois t'avouer que ça m'a fait un peu peur sur l'instant.

- Je comprends et t'as pu constater que je n'ai rien dit depuis ce jour-là.

- C'est vrai, avoue-je.

- On ne se connaissant pas trop quand c'est arrivé cette histoire mais par expérience, je ne suis pas démonstratif et j'ai déjà perdu quelqu'un. Je n'ai pas envie que ça se reproduise.

- Tu as perdu quelqu'un ? Tu veux dire qu'il t'a quitté à cause de la jalousie ?

- Pas du tout, confesse-t-il dans un silence des plus gênants. Un homme que j'ai fréquenté quelques années a perdu la vie dans un accident de moto.

- Je suis désolé Ethan, m'excuse-je.

- C'est un acte comme celui que nous avons vécu qui l'a tué.

- C'est-à-dire ?   Tente-je   de demander.

- On passait une bonne soirée mais on n'a fait pas attention que des mecs louches nous suivaient. Je l'ai laissé devant sa moto, il s'est équipé et est parti. Les gars sont montés dans une voiture à proximité et se sont mis à le pourchasser.   L'enquête   a démontré qu'ils l'ont suivi un moment dans Paris jusqu'à ce qu'un coup de l'aile avant gauche de leur voiture a percuté la moto. Mon ex en est tombé et s'est écrasé contre le perron d'un immeuble. Il est mort sur le coup.

Cette information subite me glace le sang. J'en ai la chair de poule et la gorge nouée. Je n'ose poursuivre la discussion, tant de douleur étant déjà exprimée.

- C'est pour ça que lorsqu'on était sur le Champ de Mars et qu'ils ont dit cette phrase, mon instinct a voulu te protéger, de peur de te perdre toi aussi.

- Tu ne m'as pas perdu, je suis là avec toi Ethan.

- Mais quand j'ai vu le médecin passer le pas de la porte, je me suis dit que si l'altercation t'avait mis à terre, il était hors de question qu'un beau gosse comme lui ne vienne tout gâcher.

Un rictus désamorce alors la situation. Nous nous mettons à rire alors que nos yeux sont encore humides. Je tends ma main vers la sienne et l'empoigne fermement :

- Rien ne pourra nous séparer ! Je te le garantis ! Assure-je.

Ethan se lève alors, tout en gardant ma main enlacée dans la sienne, puis prend ma tête avec son autre main et l'approche de son visage. Il m'embrasse d'un long baiser. Je peux sentir que l'étalon en lui se réveille, ce qui me donne une irrésistible envie de me donner à lui, entièrement. Nous quittons alors rapidement le café. Nous faisons de notre mieux pour ne pas perdre cette envie le temps du trajet pour rejoindre mon appartement à Nation.

La porte d'entrée claque, ce qui effraie mon chat. Je retire mes vêtements, Ethan fait de même. Seule la lumière du réverbère dehors nous éclaire par l'une des fenêtres. Nous sommes l'un face à l'autre. Nos corps dans la pénombre, tout juste visibles. Je m'approche d'Ethan, le souffle rapide et pose ma main droite sur son torse. J'admire chaque trait que je distingue. Il fait de même, sa main un peu froide vient se réchauffer contre mon pec gauche. Je glisse ma main le long de son buste, puis en remontant, j'effleure son bras. Des frissons lui parcourent le corps. Je peux sentir les battements de son cœur, qui s'accélèrent à mesure que je me rapproche. Ses yeux me dévisagent, détourent ma silhouette mais n'osent pas descendre plus bas, peut-être pour garder le mystère quelques instants de plus. J'ordonne intérieurement à ma main droite de grimper jusqu'à son cou puis son visage, tout en douceur. Ses yeux se ferment tandis que je touche sa chevelure. Mes doigts dansent une valse, la mesure est battue par nos poitrines qui viennent tout juste de se plaquer, tels des lutteurs en quête de gloire. J'entame le premier baiser, langoureux bien sûr. Je fais glisser ma langue assurément le long de sa barbe brune et soyeuse, parfaitement coupée. J'atteins le lobe de son oreille alors qu'il pose sa tête contre mon épaule. Ses bras, telles des lianes, m'encerclent. Je pose ma bouche contre son cou, tout en faisant des vrilles avec ma langue. En un coup soudain, je sens sa puissance corporelle me soulever, j'en profite pour croiser mes jambes juste au-dessus de ses fesses admirablement bombées, mais sans trop. Il me porte jusqu'au lit et me dépose délicatement tout en faisant glisser sa bouche, parsemée de petits baisers, le long de mon torse, jusqu'à atteindre mon pubis. Je le regarde tendrement et vois ses yeux se poser sur moi, petit sourire aux lèvres. Il les porte ainsi sur mon sexe en battant une mesure digne d'un chef d'orchestre. Le plaisir est décuplé par sa force que je peux ressentir. Il s'extirpe puis remonte à moi tout en plaçant le préservatif qu'il avait discrètement sorti de son sachet sur sa verge. Un vrai cheval de course ! Tel un jockey, je prépare la piste puis le chevauche. Mon désir est si charnel que la pénétration se fait instinctivement.

Le temps n'a plus aucune emprise sur nous. Nos jeux sexuels, dignes d'un film pornographique mais la sensualité en plus, se succèdent. Je fusionne avec son corps. Le désir s'amplifie de minute en minute. L'acte est si impressionnant qu'Ethan sent la jouissance arriver à son comble. Cette pulsion est enivrante, au point que je sens également cette jouissance envahir mon esprit. La position me permet de regarder Ethan dans les yeux et sentir le bouquet final s'interposer entre nous. Nous éjaculons simultanément. Son cœur et le mien battent si vite et si fort. Un dernier gémissement et Ethan me fixe dans les yeux, ses lèvres encore humides s'empressent de me dire « Je t'aime, Aaron ». Il est encore en moi lorsque j'entends ces mots. Je l'agrippe alors et l'enlace en lui confirmant, délicatement à son oreille, que, moi aussi, je l'aime.

Nos corps luisants se sont échoués sur le lit, sans dessus dessous. Je parcours de mes doigts son torse puis son bras. Il me regarde alangui, son petit sourire aux lèvres. Aucun mot ne sort de notre bouche. Nous profitons, tous les deux, de cet instant qui impose le respect de notre couple nouvellement formé. Mon radioréveil affiche « 01:34 ».

*　　*

*

Les semaines passent mais une certaine préoccupation s'empare d'Ethan et vient déteindre sur moi. L'altercation au Champ de Mars mais aussi l'accident de moto qui a coûté la vie à son ex, ces événements liés à ceux que nous pouvons entendre aux journaux télévisés ainsi que dans la presse. Nous sommes de moins en moins rassurés. Il nous serait donc impossible, en France, de pouvoir sortir dans la rue, sans signe ostentatoire distinct de notre amour ?

Nous arrivons dans mon appartement et le sentiment qui nous taraude et nous préoccupe déclenche chez Ethan une question qu'il me pose dès lors :

- Mon cœur, j'ai beaucoup réfléchi, qu'est-ce que tu dirais qu'on parte ?

- En voyage ? Demande-je malgré des arrières pensés.

- Plus qu'un voyage, un changement de vie !

- Mais ton job ? Et le mien ?

- Je peux trouver facilement tout comme toi. Ce que nous avons vécu, je ne veux plus le vivre à nouveau, exprime-t-il.

- Moi non plus, je ne souhaite plus le vivre.

Nous séparons le pour et le contre. Les comptes sont vite faits. Il nous en faut peu pour conforter ce choix et décidons de changer de vie. Nous profitons ainsi de cette occasion pour parfaire notre espagnol. Certes, nous nous rendons à l'évidence que l'herbe n'est pas forcément plus verte ailleurs mais un nouveau départ, ensemble, nous permettra de faire ce que nous aimons avant tout : voyager librement.

FIN